식물기

호시노 도모유키 식물소설집

# 식물기

호시노 도모유키 | 김석희 옮김

그물코

한국어판 서문

# 식물이 싹을 틔우는 계절에 도쿄에서
# 한국어판 독자 여러분께

수풀 속을 걷기를 좋아합니다. 주택가나 논밭이나 작은 산이 섞여 있는 장소가 좋습니다. 집이 무너지고 그대로 아무것도 짓지 않아 방치된 땅에 풀이 자라 무성해지고, 이윽고 발 들일 틈 없을 만큼 수풀이 우거지면, 이대로 주변의 주택도 수풀에 먹혀 버리면 좋겠다고 상상하곤 합니다.

십 년 전, 서울 서대문에 살았을 때 근처에 거대한 빌딩이 세워지다 만 넓은 땅, 수풀이 되어 방치된 곳이 있었습니다. 함석판으로 둘러싸여 있었지만, 누군가가 일부러 무너뜨려 들어갈 수 있게 되었고 나도 들어가 보았습니다.

나에게는 그곳이 낙원처럼 보였습니다. 전면이 수풀인 낙원 저편에 나이 지긋한 이가 오두막을 짓고 살고 있었습니다. 그는 거기서 채소를 길렀습니다.

수풀 속으로 작은 길이 나 있었고, 작은 길은 함석판의 다른 쪽 틈으로 이어져 있었습니다. 부지가 크기 때문에 지름길을 만들어 둔 것이겠지요.

그곳은 나의 산책로가 되었습니다. 가능하다면 그곳에서 살아 보고 싶을 정도였습니다.

지구상의 모든 길이, 일단 식물에 둘러싸여 폐허가 되고, 거기에서 다시 한 번, 인간에게 정말로 필요한 생활의 장이 구축된다면, 이토록 숨 막히게 사는 장소 때문에 괴로워하지 않을 수 있지 않을까, 하는 생각까지 했습니다.

나는 내내 식물과 함께 소설을 써 왔습니다. 식물을 언어로 삼아 소설 속에 살고, 늘어나는 대로 두었습니다. 이 작품집은 그 식물들을 모아 심은 것이라고 할 수 있습니다.

왜 나는 이렇게 식물에 끌리는 것일까 생각해 보았는데 결정적인 대답은 나오지 않았습니다.

이 글을 쓰고 있는 지금, 러시아의 우크라이나 침공이 일 년 넘도록 이어지고 있고, 그 실태는 잔혹하기 짝이 없는 제노사이드임이 분명해 보입니다. 그 소업은, 아마도 20세기 나치스가 했던 것과 나란히 인간이 두려워해야 할 과오로서 기억될 것입니다.

이런 현실을 목격할 때마다 나는 인간이기를 그만두고 싶어집니다. 인간으로부터 벗어나 식물이고 싶다고 기원합니다.

그러면 식물이란 대체 무엇일까요?

예를 들어, 플랑크톤에는 동물 플랑크톤과 식물 플랑크톤이 있습니다. 동물 플랑크톤은 다른 생명체를 포식하여 살아가는 생물입니다. 식물 플랑크톤은 광합성 등으로 스스로 영양을 만들어 살아가는 생물입니다. 자급자족하는 생물이 식물 플랑크톤입니다.

다른 생명체를 먹지 않고 살아가는 존재란 정말 매력적이지 않습니까?

「샤베란」에도 썼지만, 식물에는 뇌와 심장이 없습니다. 내가 식물이 된다면, 뇌와 심장은 없어집니다. 뇌가 없어지면, '식물이 되고 싶다'는 상상도 욕망도 존재하지 않습니다. 이 경지를 불교에서는 '깨달음'이라고 부른 게 아닐까요? 인간인 채로 식물이 되어라, 라는.

나는 뇌를 가진 사람이니까 이렇게까지 식물을 편애할 수 있는 것이겠지요. 식물에 둘러싸여 기쁨에 젖을 수 있는 것이겠지요. 거기에서 인간이라는 음산한 존재를 벗어나, 인간이 아닌 것이 될 가능성을 나는 찾는 것입니다. 인간이 인간이기를 그만두었을 때, 인간은 정말로 인간다워질 수 있는 것이 아닐까요? 그 과정이 이 소설집이라는 이야기가 되겠습니다.

이 책의 구성에 대해서는 「남은 씨앗」에 썼습니다.

"응? 하지만 이것도 소설이잖아?"

라고 생각하는 사람이 있을지도 모르겠습니다. 맞는 말씀입니다. 어디까지가 사실이고 어디부터가 창작인지 경계는 없습니다. 나는 다시 모든 언어, 모든 문장을 소설로 만들어 버리고 싶은 것입니다.

모든 말이 소설이 되고, 모든 길이 식물이 되어, 인간은 녹음을 목표로 삼을 것입니다.

2023년 봄

호시노 도모유키

# 차 례

[일러두기]

모든 주석은 옮긴이의 것입니다.

# 피서하는 나무

유리오가 붉은 낙엽만 밟느라 정신이 팔려 바닥만 내려다보고 있는데, 빨간 차의 타이어 그늘에 숨어 있던 강아지와 눈이 마주쳤다.

"앗!"

하고 홀린 유리오의 목소리가 신호였을까. 강아지는 타이어 그늘에서 유리오를 향해 아장아장 다가왔다. 다섯 살짜리 아이의 통통한 발목에 강아지는 낑낑거리며 몸을 문지르고, 킁킁대며 종아리 냄새를 맡았다.

유리오는 웅크려 앉아 강아지를 쓰다듬었다. 강아지는 심하게 떨었다. 쓰다듬자 감은 눈의 눈꺼풀까지 떨렸다. 흰 몸에 검은 점이 박혀 있어서 판다처럼 보이기도 한다.

"오들거리고 있네."

아빠가 말했다.

"오뇽거리는 게 뭐야?"

유리오가 물었다.

"무서워서 벌벌 떤다고."

아빠 목소리는 조금 상기되었다가 누그러졌다.

"가엾게도 버려진 건가? 얘, 버려진 거니?"

엄마도 나긋나긋 달콤한 목소리로 강아지에게 말을 걸며 등을 쓰다듬었다.

"이런 데다 버렸을까?"

아빠는 주변을 둘러보았다.

황폐한 숲이었다. 모두 삼나무 꽃가루 알러지가 있는 미쓰바 유리오네 가족은 봄 연휴에 꽃가루를 피해 미야코지마*에 와 있었다. 흐리거나 비 오는 날이 많았지만 마스크를 하지 않고 마음껏 바깥 공기를 마실 수 있다는 것만으로도 해방감을 느꼈다.

이날은 적당히 차를 몰다 눈길이 닿은 조용한 길을 산책하며 이렇다 할 특징이 없는 잡목 숲에 도착했다. 그 숲 한가운데, 어째서인지 승용차가 주차되어 있었고 그 승용차 아래서 다리도 제대로 가누지 못하는 강아지가 기어 나왔다.

유리오는 바닥을 구르면서 강아지에게 들러붙듯이 꼭 껴안았다. 강아지는 계속 떨면서도 싫어하는 기색 없이 유리오에게 몸을 맡기며 유리오의 코를 핥았다. 유리오는 가슴속에서 아주 좋은 기분이 액체처럼

---

* 오키나와현 미야코 제도에 있는 섬.

솟아나는 느낌이 들어서 웃음을 멈출 수 없었다. 끌어안으며 쓰다듬자 강아지는 눈을 감고 계속 핥았다. 강아지의 따뜻한 숨결이 어쩔 줄 모르게 좋았다.

"아빠, 이 강아지 데려가도 돼?"

"안 되지. 이런 사람 없는 곳에 버릴 리는 없으니, 길을 잃은 걸 거야. 이 차 주인의 강아지일 지도 몰라."

"이렇게 아직 제대로 걷지도 못하는 강아지가 길을 잃었다고?"

엄마가 말한다.

"길을 잃다니, 불쌍하잖아. 이대로 두면 죽을 거야."

유리오는 울상이 되었다. 눈물 많은 아이였다.

"하지만 만약 주인이 있는 아이인데, 우리가 데려가면 유괴가 되는 거야. 자기가 키우는 강아지가 길을 잃고 누군가에게 잡혀가서 돌아오지 않으면 주인은 슬플 거야. 아빠는 그렇게는 못 할 것 같은데?"

유리오는 풀이 죽었다.

숲속 나무의 높은 가지 끝에서 까마귀가 주고받는 울음소리가 울렸다. 드높은 하늘에서는 솔개 우는 소리가 들려왔다.

유리오가 안고 어루만지는 동안 강아지의 떨림이 가라앉았다. 강아지는 포크비츠 소시지 같은 유리오의 손가락을 어푸어푸 소리를 내가면서 살살 깨물었다. 유리오는 녹아 버릴 듯한 기쁨에 젖어 꺄아꺄아 웃으면서 강아지에게 뺨을 비볐다.

"아빠, 괜찮지? 떨어질 수 없어."

유리오는 기뻐서 울 것 같은 목소리로 애원했다. 아빠는 마음이 약해졌다.

"응, 어떻게 해야 하나?" 하면서 계속 끙끙거릴 뿐이었다.

엄마가 말했다.

"나는, 버려진 아이라는 생각이 드네."

아빠의 망설임은 길어졌고, 유리오는 강아지에게 집중하여 감정을 너무 쏟은 나머지 피곤해져서 옆으로 누워 강아지를 안은 채 잠이 들기 시작했다. 유리오의 차분해진 감정이 전해진 것일까, 강아지도 유리오의 품 안에서 긴장이 탁 풀려 눈을 가늘게 뜨며 잠에 빠져들었다.

야스코가 남편을 쿡쿡 찌르며 잠든 아이의 모습을 보라고 눈짓한다.

그것은 동종의 희귀 생물이 이 넓은 세상에서 이윽고 만나 안심하여 잠든 모습이었다.

"이게 우연 같아?"

야스코가 다케루에게 물었다.

"운명이겠지."

다케루는 질린 듯이 고개를 흔들며 중얼거렸다.

"당신은 뭐든지 운명이라고 하니까 말이야. 운명, 운명! 한류 드라마에 너무 많이 세뇌당했어."

"운명이라고 보는 게 인생 편하다니까. 다케루도 일일이 토 달지 마. 이 모습을 봐, 다케루는 두 아이를 떼어놓을 수 있겠어?"

떼어놓을 수 없다고 생각하지만, 주인과 떨어지는 일도 똑같이 잔혹하지 않은가 생각했다.

"운명, 운명!"

야스코가 다시 한번 말했다.

"정말 편해서 좋네. 결정한 책임은 내가 지게 된다는 건가?"

"그런 말한 적 없어. 책임은 내가 져. 다케루야말로 너무 이것저것 생각하다가 책임질 수 있을 만큼 작은 쪽으로 흘러가서, 결국 시시한 방어 인생을 보내고 있잖아."

"그럼 야스코랑 가족이 된 것도 시시한 방어 인생이란 거야?"

감정이 상한 다케루의 말투는 극단적이었다.

"그건 아니지. 운명에 따랐기 때문에 두근두근한 거지. 우리 만남은 운명. 유리오와 강아지의 만남도 운명."

"됐어, 그만해."

이론가가 운명론자를 이길 수 없는 까닭은 운명론자는 말하자면 신앙으로 무장되어 있기 때문이지, 믿는 자의 승리라고. 다케루는 몇 번이나 생각했다.

눈을 떴을 때 아직 강아지가 옆에 있는 것을 보고 유리오는 몸이 크게 부풀어 오르는 듯한 충만감을 느꼈다.

강아지는 차에 태웠을 때도, 케이지에 들어가 비행기에 오를 때도, 새 집에 들어갔을 때도 계속 떨었다.

"계속 오농거리고(오들거리고) 있어. 그러니까 오노농으로 정했어."

유리오가 말했다. 그래서 강아지는 오노농으로 불리게 되었다.

오노농은 일주일도 안 되어 미쓰바 가족과 친해졌고, 이제 더 이상 떨지 않았다.

유리오와 오노농은 형제처럼 자랐지만, 누가 위고 누가 아래인지 다투지도 않았고 형제라기보다는 분신이라고 표현하고 싶을 정도였다. 둘은 생겨나던 중에 둘로 갈라진 새송이버섯이나 만가닥버섯처럼 언제나 서로 붙어 있었다. 둘이지만 하나였다. 오노농과 유리오는 다른 사람에게는 불가능한 정도의 범위까지 서로의 감정을 이해하고 가까이 다가갔다.

유리오가 어린이집 친구들과 어울리지 못하고 오노농과만 노는 게 아빠는 걱정스러워 이대로는 사교성이 떨어질 위험이 있으니 좀 더 친구와 놀도록 떠밀기도 했지만 소용없었다. 오노농을 데리고 온 걸 후회하며 아내를 탓하기도 했다. 하지만 야스코는 '인생에서 이렇게 깊은 인연을 갖기란 쉽지 않아. 유리오는 행운이지. 순순히 아들의 행복을 기뻐해 주면 좋잖아.' 하고 다케루를 타일렀다. 야스코는 아무것도 모른다는 둥 어떻다는 둥 다케루는 입속에서 중얼거렸지만, 물론 야스코는 말도 안 되는 소리에 응하지 않았다.

유리오와 오노농의 관계는 초등학교에 들어가서도 변하지 않았다. 반 친구들도 생기고 방과 후에 노는 시간도 늘었지만, 언제나 오노농과 함께였다. 친구와 오노농을 선택해야 할 때는 망설임 없이 오노농과 함께했다. 가까운 들판에서 두 녀석이 멍멍 짖어대며 달리는 모습은 근처 사람들에게는 언제든 볼 수 있는 풍경이 되었다. 들고양이와 까마귀와 오노농과 유리오가 있는 풍경. 일찍이 식목이 주업이었던 마을에 지금은 택지 개발이 진행되고 있고, 떠안듯이 사서 팔지 못한 채 벌판이 되어 버린 땅이 많은 곳이다. 열대 지방에서나 볼 법한, 이파리가 커다란 잡풀이 무성했다.

그 행복은 너무나 강렬했기 때문에 짧았는지도 모른다. 유리오가 초등학교 5학년이던 여름, 너무 일찍 암에 걸린 오노농은 눈 깜짝할 사이에 죽고 말았다. 유리오는 매일 깨어 있는 동안, 처음 만났을 때처럼 약해져서 움직이지 못하는 오노농을 품에 안고 쓰다듬었다. 배가 부풀었다 꺼졌다 하는 오노농은 점점 약해져 땅으로 꺼질 듯이 시들어 갔다. 야스코는 오노농의 몸이 조금씩 차가워질수록 유리오의 숨도 멈추어 차가워질 것만 같았다. 어쨌든 유리오의 머리와 마음은 오노농의 몸속에 있었으니까.

하지만 유리오는 움직이고 있었다. 숨을 쉬었고, 몸통은 부풀었다 꺼지기를 계속했다. 오노농의 머리와 가슴도 유리오 안에 있었으니까. 그것이 유리오를 움직이게 했다.

"슬플 때는 펑펑 울어도 괜찮아."

아빠는 눈물을 흘리며 말했다. 하지만 유리오는 울지 못했다. 슬프다는 게 어떤 것인지 알 수 없었다. 자신은 반쪽이 되어 버렸기 때문에 힘이 나지 않는다고 생각할 뿐이었다. 앞으로는 달릴 힘도 밥 먹을 힘도 생각할 힘도 전부 반이라는 걸 깨달았다. 반쪽 인간이니까, 이제 보통 사람과 다르며 그걸 잊어서는 안 된다는 것을.

아빠는 제대로 된 묫자리를 사겠다고 했지만, 유리오는 오노농을 마당에 묻겠다고 고집부렸다. 그건 법률 위반일지도 모른다고 아빠가 말하자, 엄마는 "답답한 인간"이라며 경멸했고, 아빠는 기분이 나빠져 입을 다물어 버렸다. 그래서 유리오는 엄마의 도움을 받아 오노농을 정원 구석에 묻었다. 구더기가 끓지 않도록 깊이 묻었다. 그 위에는 먹을 수 있는 채소를 심겠다고 생각했다.

이틀 뒤인 토요일, 아침부터 식물의 전당 '가라시야' 앙교 지점에 다녀온 아빠는 얼굴이 상기되어 '좋은 걸 발견했다'며 작은 화분에 심은 나무를 보여 주었다.

"무슨 나무 같아? 이거 오노나무라고 해. 오노농나무 같지? 오노농의 환생이 분명해."

그렇게 말하고는 아내를 보며 가슴을 폈다.

"이거야말로 운명적인 만남이야."

"오노농이 다시 태어날 리 없어. 죽은 생물은 다시 태어나지 않아."

유리오는 김빠진 목소리로 말했다.

"좋아, 아빠가 부활이라고 생각한다면 아빠한텐 그 나무가 오노농으로 보일 테니까. 마음 문제지."

"나는 그런 문제는 없으니까 일부러 자신을 속일 필요는 없어."

"뭐, 아무려면 어때. 아무튼 이 나무를 오노농 무덤에 심어 주자. 열매도 열리는 것 같으니까."

"먹을 수 있어?"

"글쎄다?"

"그게 중요한데."

"오오, 그렇구나!"

스마트폰으로 오노나무를 찾아보던 엄마가 비밀스러운 얼굴로 고개를 끄덕이며 말했다.

"열매가 열릴 때까지 기다려 보자."

유리오는 고개를 끄덕이며 물었다.

"오노나무라는 게 진짜 이름이야? 아빠가 만든 얘기 아니야?"

"이거 나뭇잎이 물고기 모양이잖아. 그래서 '우오노'나무라고 하는데, 발음을 붙여서 읽으니까 '워노나무', '오노나무', 이렇게 된 것 같아. 히말라야 지방이 원산지래."

유리오는 이파리를 한 장 뜯어서 자꾸만 쳐다보았다.

유선형의 이파리는 잎맥이 가느다란 부채를 겹쳐 둔 모양으로 퍼져 있어서 비늘처럼 보인다. 날카롭게 패인 이파리 끝은 가볍게 열린 물고기의 입처럼 보인다. 초록색 이파리의 톱니는 뾰족뾰족 깊게 파여 있어서 물고기의 지느러미처럼도 보인다. 잎과 줄기를 잇는 잎자루는 아랫부분이 넓어서 가느다란 줄이 많이 들어간 꼬리지느러미를 똑 닮았다.

물고기 잎을 흔들어 공기 중에 헤엄치게 해본다. 나쁘지 않다.

---

* 우오(魚)는 물고기의 일본어 발음이다.

"갈가자미 닮았네."

엄마가 말했다.

"이 나무, 괜찮은 것 같아."

유리오가 중얼거렸다.

"그치? 그러니까 제안한 거지. 운명의 나무라니까."

아빠는 의기양양한 듯 코 평수를 넓혔다.

아빠와 함께 화분에서 빼 내어 오노농을 묻은 땅에 심었다. 오노농이 있으니 거름은 필요 없다. 볕이 잘 드는 정원이라 갈대로 만든 발을 쳐서 그늘을 만들어 주었다. 물을 흠뻑 주고 '여기가 새 집이란다' 오노나무에게 말을 걸었다. 양분을 찾아 뿌리를 뻗다 보면 오노농을 찾아 낼 것이고 조금씩 흙 속으로 녹아가는 오노농의 몸을 빨아들여 잎을 틔우고 가지를 만들며 꽃을 피워 열매를 맺을 것이다. 그 과정이 타임랩스처럼 보이는 듯했다.

눈뜨자마자, 학교에서 돌아오자마자 그리고 자기 전 이렇게 하루에 적어도 세 번, 유리오는 오노나무를 확인하고 말을 걸었다. 아침에는 '안녕?'이라 묻고, 학교에서 돌아오면 그날 일을 보고하고, 자기 전에는 '잘 자'라면서 물고기 이파리와 가는 줄기를 쓰다듬었다.

처음에는 혼자 중얼거리는 게 쑥스러웠지만, 습관이 되자 자연스러워졌다. 구술 일기를 쓰는 기분이었다.

오노나무에게 말을 건다고 해서 오노농에게 말을 걸 작정은 아니었다. 오노농과는 이야기를 하지 않아도 끌어안고 있으면 속을 알 수 있었다. 오노나무는 그런 관계는 아니니까 정식으로 이야기를 하는 것이다. 오노나무는 반응을 하지 않기 때문에 무슨 말이라도 할 수 있다. 오노나무는 유리오의 감정이 머무는 곳이었다.

옮겨 심고 나서 두 주 동안은 걱정의 나날이었다. 정원 환경이 맞지 않는지, 여름 날씨가 너무 덥기 때문인지 연달아 물고기 모양의 이파리들이 떨어졌다. 말라비틀어진 지느러미들을 주워 모으는 기분이 들었다. 거름이나 물이 부족하지는 않은지, 이대로 죽는 것은 아닌지 불안해서 견딜 수 없었지만, 아빠가 '과식은 오히려 위험해, 익숙해지는 데는 시간이 걸리니까 조용히 지켜보자'고 말했기 때문에 참고 기다렸다.

공기에서 더위의 입자가 사라지고 여름의 습한 냄새도 줄어들 무렵, 이파리가 떨어진 자리에 작은 물고기 이파리가 돋아나기 시작했다. 조금도 자라지 않던 가지 끝에도 눈이 나왔다.

오노농이 받아들여 준 거라고 생각했다. 이 싹들은 오노농의 몸으로 만들어진 것이리라. 오노농과 오노나무는 함께 끌어안고 이제 몸의 일부가 섞인 채 살아간다. 유리오와 오노농이 그랬던 것처럼.

유리오는 그렇게 오노나무를 향해 설명했다.

오노나무는 조금씩 물고기 이파리를 늘리고 가지도 뻗어나갔지만 금방 겨울이 되어 생장은 멈추었다. 상록수처럼 물고기 이파리는 떨어지지 않는다. 눈이 내린 날은 발을 쳐 준 정도였지만, 여름처럼 약해지지 않았다. 더위에 약하고 추위에 강한지도 모른다.

평온한 날들이 이어지고 유리오는 학교에서 있었던 자잘한 사건들을 오노나무에게 이야기했다. 하모니카 연습을 너무 많이 해서 입이 부르텄던 일, 마라톤 대회에서 학년 평균보다 3등 아래였던 일, 그때 우승한 구리하라 나쓰소가 약물 복용으로 혼자만 그렇게 어른 몸을 가지게 된 거라고, 2등 한 히라다 유타가 소문을 내서 여자애들 모두에게 미움받았던 일, 투명한 나비를 보았던 일, 들판에는 보름달이 뜬 밤에 유리오와 오노농이 서로 들러붙어 장난치는 유령이 나온다는 소문이 있다는 이야기. 이상하지? 나는 아직 살아 있는데. 그렇지만 사실이어도 상관없어.

3월의 춘분날, 오노나무 가지 끝이 자잘하게 부푼 모습을 발견했다. 어제까지는 분명히 그렇지 않았다. 가지 끝마다 화살촉 모양으로 가늘게 벌어진 곳에 다시 작은 화살촉이 갈라진 듯한 어린잎이 돋았다. 어제까지는 갈색으로 단단하게 둘러싸인 화살촉이었는데, 오늘은 그게 벌어지면서 꽃눈이 얼굴을 내밀었다.

꽃눈은 모습을 드러내자마자 눈에 띄게 자랐다. 며칠 뒤에는 하나하나 갈라져 부풀더니 짙은 분홍색 꽃잎이 우산처럼 접혀 있었다. 작은 몸집을 늘려 꽃눈이 아래를 향했다. 다음날은 초롱 같은 빨간 꽃이 피었다.

이상한 모양이었다. 철쭉이나 블루베리꽃처럼 둥근 통 모양이지만 벌어진 입 가장자리에 상당히 긴 촉수처럼 생긴 주름이 퍼져 있었다. 세어 보니 여덟 개. 어떻게 보아도 문어였다. 엄마는 보자마자 웃음을 터뜨리며 말했다.

"이거 진짜 문어 꽃이네!"

찾아보니 오노나무는 여러 가지 물고기 모양으로 변하는 식물로 나뭇잎이 물고기 모양일 뿐 아니라 꽃은 문어 모양이라고 쓰여 있다고 했다.

그 모양이 귀여워서 유리오는 온종일 보아도 질리지 않았다. 꽃 아래 종이를 대고 꽃을 가볍게 손톱으로 튕기면 꽃가루가 떨어지는데, 그 꽃가루를 붓에 묻혀 다른 꽃의 암술에 묻힌다. 유리오는 꿀벌이 된 듯 부지런히 모든 꽃의 수분을 도왔다. 수분하자 문어 꽃잎은 떨어졌다. 떨어진 꽃잎을 모아 데친 문어 단체 사진을 찍기도 했다.

꽃잎이 떨어지면서 드러난 수술은 몸을 둥글게 부풀리기 시작했다. 초록색 단단한 공이 오 밀리미터 정도까지 커졌을 때 갑자기 하룻밤 사이 토끼 눈처럼 빨개졌다. 그리고 며칠 걸려 껍질이 얇아지고 반투명해지더니 야광 스칼렛이라 부르고 싶은 선명한 과즙이 빛났다. 서양까치밥나무 열매를 닮았는데, 그보다 더 투명해서 껍질을 벗긴 동그란 석류알 같다고나 할까? 가지 끝마다 보석이 달린 듯 아름다웠다.

"예쁘네, 연어알 열매!"

엄마는 홀린 듯이 말하며 따서 입에 넣었다.

"오오, 달다, 달아."

감탄의 함성을 뱉으며 여러 개 따서 유리오의 입에 밀어 넣는다. 연어알 같은 짠맛이 아니라 주목나무 열매처럼 살살 녹는 단맛이다. 오노농을 처음 품에 안았을 때처럼 가슴에서 과즙 같은 기쁨이 솟구치더니 온몸을 휘도는 것 같았다.

"씨는 독이 있으니까 먹으면 안 돼. 씹어서도 안 돼. 퉤 하고 뱉어내."

엄마는 손바닥 위에 씨를 퉤 뱉었다. 유리오도 흉내를 냈다. 분꽃 씨처럼 까맣고 쪼글쪼글한 둥근 씨였는데 손으로 비볐더니 다섯 개로 갈라졌다.

"그건 말이지, 가오리 씨앗. 잘 봐. 가오리 얼굴로 보이지?"

엄마는 스마트폰으로 가오리의 얼굴을 검색하여 보여 주었다. 처져서 질끈 감은 눈에 오리 입이 웃고 있는 듯한 애교스러운 얼굴. 똑같은 모양으로 갈라진 원추형 씨앗에 무심코 새겨져 있다. 가오리 씨앗은 정원에 뿌리지 않고 보관하기로 했다. 정원에는 오노나무 하나만으로 충분했다.

그냥 놔두었다가는 직박구리가 먹어 버릴 게 뻔하기 때문에, 유리오는 연어알 열매를 꼼꼼히 수확해서 먹었다. 오노농의 몸이 영양이 되어 농축된 연어알 열매를 먹고 있으니 일종의 공식* 같은 거라고 생각했다. 연어알 열매를 다 먹은 뒤에 나온 오줌을 오노나무에 주었다. 그리고 오노나무 옆에 구멍을 파서 똥도 누었다.

"이건 공식. 오노나무도 나눠 먹는 거야."

---

* 共食. 민속이나 토템 신앙에서 제물로 바친 동식물을 나눠 먹던 관습. 이렇게 함으로써 동일 종족의 융합이 이루어지고 숭배 대상과도 일체가 된다고 믿었다.

유리오는 오노나무에게 가르쳐 주었다.

그러고 나자 지구상의 모든 생명은 서로 '공식'을 하는 거라는 생각이 들었다.

가오리 씨앗은 파스타 소스를 담았던 투명한 빈 병에 넣었다. 가만히 보니 가오리 얼굴이 여럿 모여 있는 모습이 사랑스러웠다. 어느 가오리의 얼굴도 똑같지 않고 조금씩 달랐다.

문어 꽃도 전부 피었다 지고, 마지막 남은 연어알 열매를 따서 먹은 때는 4월도 끝날 무렵이었다. 유리오는 6학년이 되었다. 같은 반 남자아이의 반 정도가 까마귀 같은 목소리로 변하고 유리오도 그 대열에 합류하여 정액이 처음 나오기 시작하면서 자기 전에 팬티에 휴지를 넣고, 사타구니에 난 털을 부모가 발견하지 못하도록 잘라 버리거나 했다.

유리오는 그런 비밀을 부모에게는 말하지 말라고 못을 박고, 오노나무에게만 말했다. 그러자 일 년 뒤에 오노나무도 자신의 비밀을 알려 주었다. 새끼손가락 걸기 같은 것이었겠지.

중학교 1학년이 되던 해 봄이었다. 두 번째 연어알 열매를 먹던 유리오는 아무 생각 없이 가오리 씨앗을 씹었다. 사실 호기심도 있었지만, 그땐 정말 아무 생각이 없었다. 입안에서 홍차 같은 향이 퍼졌는데, 너무 써서 얼른 뱉었다.

배라도 아파질까 기다렸는데, 머리가 조금 멍해졌다가 정신을 차리자 마루에 누워 선잠을 자면서 하얗고 까만 바둑이를 안은 채 쓰다듬고 있었다.

어라, 오노농?

놀라서 둘러보니, 쿠션을 안고 쓰다듬고 있었다. 다른 강아지를 키우는 일은 생각할 수도 없지 싶고, 예를 들어 털이 긴 중형견과 자신이 들판을 달리는 광경을 상상하면 정말로 유리오는 들판에서 얼룩 강아지와 공을 쫓고 있었다. 영리하고 성격 좋아 보이는 개는 유리오가 던진 테니스공을 굉장한 운동 신경으로 날아올라 낚아채고, 공을 다시 유리오에게 건네주려고 돌진해 와서는 함께 넘어졌다. 유리오는 공을 집어 들었고 완다라는 이름의 보더콜리가 분홍색 따뜻한 혓바닥으로 얼굴을 핥으면, 유리오는 천국이 따로 없었다. 저녁놀이 오렌지색으로 주변을 물들이고 보라에서 복숭아색 그라데이션 구름이 줄을 서 있다. 건조하고 살짝 차가운 산들바람이 유리오와 완다의 피부를 매만졌다.

완다는 뭐지?

다시 정신을 차린다. 유리오는 들판이 아니라 마루 위에서 쿠션을 안고 뒹굴고 있었다. 털이 긴 보더콜리 따위, 모르겠다.

이 녀석 위험한데 싶어, 유리오는 일어나 가오리 씨앗 병을 자켓 주머니에 꽂아 넣고 자전거를 타고 달렸다.

두 번 다시 갈 수 없는 장소를 찾아 정신없이 달렸다. 날이 저물기 시작할 무렵 오래 방치되어 덤불숲이 되어 버린 넓은 공터를 발견하고, 가오리 씨앗을 반쯤 뿌렸다. 다시 한참 달려 비슷한 덤불숲을 발견하고는 남은 가오리 씨앗을 뿌렸다. 식물원 부지는 싹이 나와도 잡초라고 생각해서 다 뽑아 버리기 때문에 안 된다. 제대로 자랄 환경이 중요하다. 새삼스럽게 그런 생각을 한 것도 아닌데 유리오는 가오리 씨앗이 오노나무로 자랄지 어떨지를 염두에 두고 장소를 물색했다.

불타오르는 저녁놀이 주변을 뒤덮어 익숙한 장소조차 낯설었다. 완전히 감만으로 집 쪽을 향해 달려 돌아왔다.

이듬해 중학교 2학년 봄에도 유리오는 같은 충동에 휩싸였다. 이번에는 자전거가 아니라 전철을 타고 멀리 가고 싶어졌다. 그래서 일요일 아침에 적당한 핑계를 대고 나와 무사시노센에서 도부센으로 갈아타고 닛코까지 가서 작년보다 훨씬 많이 수확한 가오리 씨앗을 사람 눈을 피해 뿌렸다. 병이 비어갈수록 자신은 채워져 갔다. 옳은 일을 하고 있다는 확신을 넘어 긍지마저 느꼈다.

그러나 그해 여름 시련이 찾아왔다.

벌써 몇 년 동안이나 여름은 점점 뜨거워지기만 했다. 35도를 넘는 날이 늘어나고 평균 기온이 올라갔으며 큰비도 끊임없이 엄습했다. 그해는 마른장마가 져서 6월 말에 이미 35도를 넘어 7월 중반에는 간토 전역에서 40도를 넘는 기록을 세웠다.

혹독한 더위에 오노나무는 약해졌다. 직사광선을 차단하고 빨리 물을 줘도 축 늘어진 채 결국 잎이 떨어지고 녹색 줄기는 갈색으로 메말라 갔다.

그렇지만 어떻게든 기다렸다. 다만 이듬해 봄 꽃눈이 틀 때 '여름에 에너지를 축적하지 못했으니까, 지금 열매를 맺으면 힘이 달려 말라

버릴지도 모른다'는 엄마의 충고에 따라 유리오는 문어꽃이 피면 열매가 달리기 전에 떼어냈다.

그래서 유리오가 중학교 3학년이던 해에는 뿌릴 씨앗이 없었다.

맹렬한 더위는 그해에도 찾아왔다. 오노나무도 이제 한계에 이르렀다는 걸 깨닫고, 유리오는 오노나무를 정원에서 파내어 큰 화분에 옮겨 에어컨이 켜진 실내로 옮겼다. 오노나무와 오노농은 하나이기 때문에 이 정원에서 떼어낼 수 없다는 스스로 정한 원칙을 깬 사실이 유리오에게 깊은 상처를 남겼다.

하지만 화분으로 옮긴 일은 예상치 못한 형태로 보상을 받았다. 그해 가을, 유리오 가족은 이사를 했다.

아빠가 근무하는 가전 회사가 세계적인 금융 위기를 맞아 도산했고, 아빠는 실직했다. 다케루와 야스코 두 사람의 수입을 합쳐 무리해서 넓은 집을 샀기 때문에 주택 대출금을 갚을 수 없을지도 모른다는 위기를 느꼈다. 회사가 망해가는 사이 생각해 두었는지, 아빠는 '이 집을 팔아서 센다이의 본가로 돌아가기로 했다'고 가족에게 통보했다.

"아무튼 살 집과 가업인 전파사는 있어."

야스코는 화가 단단히 났다.

"나는 잠자코 일을 그만두고 당신을 따르라는 거?"

"돈, 모으자. 어느 정도 모으면, 야스코는 한국에 어학연수 가면 좋겠어. 언제까지 세제 판매 일을 할 수는 없다고 했잖아. 새로운 캐리어를 시작하자고. 위기는 기회!"

야스코는 이 제안에 흔들렸고 돈을 모으면, 이 아니라 내년에는 확실히 유학을 보내준다는 조건으로 받아들였다.

고입 시험을 앞둔 내 기분은 생각 안 해? 유리오는 슬펐지만, 어차피 말해도 소용없는 일이라 포기했다. 오노나무 화분을 보니 마치 이렇게 될 걸 예측한 것 같다고 스스로에게 조금 놀랐다. 오노나무를 심은 시점에서 자신이 곧 이사하게 될 걸 받아들인 것인지도 모른다고 생각했다.

유리오는 오노나무를 심었던 흙을 파서 오노농의 뼈를 수습했다. 잘 닦아 사기 항아리에 넣어 센다이의 할아버지 댁으로 이사한 뒤, 그 정원에 다시 묻고 거기에 오노나무를 화분에서 빼내어 심었다.

간토보다 시원한 탓인지 오노나무는 전처럼 거부 반응을 보이지 않고 정원에 잘 적응했다. 가을 무렵에는 건강하게 새로운 가지를 냈다. 꽃눈을 많이 품었고 봄에는 문어꽃을 잔뜩 피워 유리오를 기쁘게 했다.

다케루와 야스코는 집에서 싸움만 하고 있었다. 전파사는 옛날부터 다니던 단골이 수리를 맡기거나 건전지를 사는 정도여서 매상이 오르지 않았다. 야스코는 장사를 해야 한다고 주장했다. 다케루의 어머니는 다케루의 아버지가 일으킨 가게를 닫으면 벌 받는다며 반대했다. 다케루는 이사한 지 일 년 뒤에 어머니의 반대를 누르고 전파사를 편의점으로 바꾸었다.

야스코는 한동안 편의점에서 일했다. 고등학교에서 동아리 가입도 하지 않아 할 일 없는 유리오가 거들었다. 그만큼 용돈이 늘었다. 야스코는 한류 드라마 캐릭터가 한국어와 일본어로 상품을 권하는 팝을 틀어댔고, 그러자 아주머니 손님이 늘어 매상이 올라갔다. 가게 안에서 야스코를 중심으로 아주머니들의 커뮤니티가 만들어졌다.

"유리오도 여름방학에 놀러 와. 같이 한국 여행하고 돌아오자."

엄마가 말했다. 유학은 반 년 정도 예정이었다.

"오오, 그렇게 해. 그거 나이스다."

아빠도 찬성했다.

"약속했어!"

유리오는 확실하게 해 두었다.

"당연하지."

엄마는 유리오를 보고 웃었다.

"약속의 증거로 가오리 씨앗을 가지고 가서 한국에 심어 줄래? 그래서 자라는 모습을 사진으로 찍어서 보내. 제대로 잘 보내 주면, 약속을 지키고 있다는 증거."

"네네, 제대로 실행합죠."

엄마는 어이없는 웃음을 지으며 말했다.

유리오가 가오리 씨앗이 든 꾸러미를 건네주었다.

"이렇게 많이 심으라고?"

엄마는 놀랐다.

"만일을 위해서. 한 그루라도 제대로 자라면, 나머지는 그 주변에 뿌리면 되니까."

"알게쓰무다, 시루찬니무(알겠습니다, 실장님)!"

야스코는 한류 드라마 대사*로 답했다.

다다미 석 장 크기의 좁은 고시텔에 들어가 서울 생활에 적응할 무렵, 야스코는 약속대로 화분에 가오리 씨앗을 뿌려 싹이 나면 사진을 찍어 아들에게 보냈다. 아들로부터는 엄지척 이모지가 날아올 뿐이었다.

싹이 너무 많이 나와 적당한 간격을 두고 최종적으로 하나만 남겼다. 아침에 눈을 뜨면 그날의 오노나무를 촬영하고, 저녁에는 그날 있었던 일을 적어 사진과 함께 아들에게 보냈다. 아들로부터 답이 오는 때는 답을 재촉했을 때뿐, 열흘에 한 번 정도였다.

"응, 잘 지내."

"별일 없어."

딱 한마디. 그래도 일방적인 교환 일기는 의외로 재미있었다.

어학 학원에는 일본인 여성이 반이나 돼 금방 친해졌다. 같은 또래 대부분은 싱글이어서 다들 야스코도 그럴 거라고 생각했다. 남편과 고등학생 아들이 있다는 말은 하기 어려워져 독신으로 오해받은 채 지냈다. 마음이 편하지만은 않았다.

학원에 다닌 지 두 달이 지난 6월, 동기 나카다케로부터 '아르바이트하던 일본식 라멘 가게를 그만두는데, 자기 대신 아르바이트하지 않

---

* 2002년 한류 열풍의 시작을 알린 드라마 〈겨울연가〉를 인용한 표현.

겠냐'는 권유를 받아 큰 맘 먹고 해보기로 했다. 왜 그만두는지 묻자, 소곤소곤, 단골손님과 사귀게 되어 남은 시간은 전부 그와 함께 보내고 싶어서 그런다며 상기된 얼굴로 고백했다.

"그건 정말 추카해요네! 장애물이 있을수록 사랑은 깊어지는 거니까, 지금 나카다케는 매일매일이 잔칫날이겠네." 야스코는 얼굴 가득 웃음을 짓고 운명이란 역시 좋은 거라면서 나카다케의 들뜬 기분을 기꺼이 받아들였다.

야스코는 '나무쟈칭구(남자친구)'와의 만남을 바라지는 않았지만, 라멘 가게에 자주 혼자서 먹으러 오는 이십 대의 얌전한 여자 손님과 마음이 맞아 술을 한번 마시러 갔다가 완전히 친해졌다. 회사 사람들 모두가 모여 점심을 먹는 게 불편해서 혼자 먹을 수 있는 라멘 가게에 온다고 했다.

은희라고 하는 그 여성은 야스코의 어눌한 한국어를 추측하여 보충해 주고, 전하기 어려운 미묘한 뉘앙스까지 이해해 주었다. 야스코가 말하다 막히면 은희는 야스코가 하려던 말을 정확히 해 주었다. 그러자 신기하게 야스코도 은희의 한국어가 반 이상 모르는 말인데도, 머릿속에서 그 의미가 바로 이해되었다.

"은희랑 나는 마음이 맞나 봐."

야스코의 말에 은희는 쓸쓸히 웃으며 고개를 끄덕였다.

"하지만 내가 이 사람과 마음이 맞을 것 같다고 생각해도 통하는 경우는 별로 없어요."

상대가 무슨 말을 하는지 아주 짧은 순간에 알아채는 예민한 직관 때문에 은희는 많은 사람이 모인 회식을 피한다고 했다. 전부를 말하지 않아도 통할 것을 전부 다 말하는 사람들만 있으면 피곤해진다고 했다.

'그래서 한국어를 잘 못하고 느릿느릿한 내가 딱 좋은 건가?' 싶은 내용을 야스코는 단순한 단어의 나열만으로 이야기하려 했다. 모든 걸 말하지 않아도 이해하는 은희는 웃으면서 고개를 저었다.

"내가 안다는 걸 언니도 알아주니까 맞는 거야."

은희가 말했다. 은희에게 '온니(언니)'로 인정받은 야스코는 자기 인생의 일부가 새로워진 기분이 들었다.

한국어 연습도 할 겸 은희에게 남편과 아들에 대해 이야기했다. 아들에게 오노나무를 부탁받은 이야기를 했더니, 보고 싶다고 해서 고시텔로 초대했다.

방에는 창이 없어서 낮 동안에는 화분을 옥상에 내놓았다. 가오리 씨앗을 보여 주었더니 씨앗에 새겨진 귀여운 얼굴을 본 은희는 보기 드물게 신이 나 보였다.

"야스코 언니가 일본에서 보낸 삶이 이 씨앗에 압축되어 있어서 이렇게 즐거운 얼굴을 하고 있나 보네요."

야스코는 은희의 그런 표현이 좋았다.

"은희도 키워 볼래?"

고개를 끄덕이는 은희에게 야스코는 씨앗을 몇 개 주었다.

"여름에는 아들이 놀러올 거니까, 은희도 같이 만나 줘."

은희는 웃음 가득한 얼굴로 기뻐했다.

하지만 아들은 오지 않았다. 달을 거듭할수록 메시지의 답신 빈도가 줄더니 7월에는 읽지도 않았다. 야스코는 걱정이 되어 남편과 통화하면서 유리오를 바꿔 달라고 했다.

"나는 약속을 지켰는데, 유리오는 어떻게 된 거야?"

질책하듯 물었다.

"바빠서."

"편의점? 아빠가 막 부려먹는 거야?"

"편의점도 바쁘지만 그건 돈 때문이고. 지금 동아리 활동이 바빠."

"동아리를 언제 시작했는데?"

"6월에 육상부 들어갔어."

"첨 들어."

"일일이 말할 필요 없잖아. 내가 좋아하는 걸 하는 것뿐이니까. 엄마가 그런 것처럼."

야스코는 애써 외면하고 있던 죄책감이 불쑥 일어나는 걸 느꼈다.

"하지만 여름 내내 동아리 활동하는 것도 아닐 거 아냐. 짧아도 괜찮으니까 와."

"합숙도 있고, 시 대회 완주하려면 여름을 어떻게 보내는지가 승부수라고."

다시 아빠를 바꾸라고 해서 쌀쌀맞은 아들의 태도를 규탄하자,

"여자 친구가 생긴 모양이야."

다케루가 웃음 섞인 목소리로 말했다.

"육상부 여자애한테 반해 동아리에 들어가 접근하는 게 아닐까, 내가 보기엔 눈치가 그래. 그렇게 갑자기 열중하는 걸 보면 그렇게밖에 생각되지 않아. 그래서 돈도 필요한 거겠지."

야스코는 한숨을 쉬며 말했다.

"다케루는 정말 통속적이야."

"야스코는 모를 수도 있지만, 남자아이들이란 원래 그런 거야."

"다케루는 모를지도 모르지만, 유리오는 보통의 남자아이가 아니야."

전화를 끊고 힘이 빠져서 야스코는 앉아 있던 좁은 고시텔 침대에서 일어날 수 없었다. 안 오는구나, 하고 중얼거렸다. 갑자기 일본에 돌아가기가 싫어졌다.

그 주 일요일에 은희와 영화를 보러 갔는데, 내용은 거의 몰랐지만 서울에서 대형 스크린으로 하정우를 본 것만으로도 좋았다. 냉면을 먹으면서 은희에게 말했다.

"우리 애가 안 온대."

"이제 엄마와 여행하는 거 싫어할 나이라고는 생각하지만 말이야, 약속이야! 하면서 도장까지 찍고서는 정말 마지막에 한 번 놀아주나 기대했더니, 좀 실망이야. 그런 느낌이죠?"

말이 되지 못한 야스코의 기분을 은희가 또 번역했다. 야스코는 은희가 그렇게 말하는 걸 듣고 자신이 생각하던 것 이상으로 상처받았다는 걸 깨달았다.

"같이 산에 안 갈래요? 가서 가오리 씨앗을 심는 거예요."

은희가 말했다.

"은희는 정말 상냥한 사람이야. 고마워."

그렇게 말하고는 갑자기 마음이 밝아져 야스코는 놀랐다.

장비도 등산복도 모두 빌려줄 테니 등산화만 사라는 은희의 조언대로 함께 쇼핑을 하고, 모든 건 은희에게 맡겼다. 버스로 강원도 속초까지 가서 1박. 그날은 모래사장을 달리고 회를 먹었다.

호텔 방 트윈 침대에 들어가 은희는 다음날 오를 산이 설악산인데 한국에서 세 번째로 높은 유명한 산이고, 우리는 산 정상의 작은 산장에서 묵을 거라고 했다. 그렇게 어려운 코스는 무리, 절대 무리라고 야스코는 반대했지만, 은희는 웃으며 벌써 예약해서 취소할 수 없다고, 언니 정도로 건강한 사람이라면 아무 문제없다고 안심시켰다.

다음 날 아침, 호텔을 나와 버스로 등산로 입구를 향했다. 등산로는 나무 계단과 둘레길이 정비되어 있어 처음에는 쾌적했지만, 점점 경사가 심해졌다. 역시 힘들잖아 하고 불평했지만, 은희는 예의 미소를 띠며 '괜찮아요'만 연발한다. 발걸음이 무거워지는 야스코를 훈련시키는가 싶은 발놀림으로 등산객들이 계속 추월한다. 다리가 후들후들 떨렸다.

그래도 이층침대가 꽉 들어찬 통나무 오두막에 들어가니 어딘지 모르게 하이디가 된 기분에 젖어 챙겨 온 컵라면과 인스턴트 떡볶이로 먹은 저녁이 더없이 맛있었고, 침대 위층에 진을 친 야스코가 아래층에 있는 은희를 내려다보는데, 비밀을 공유하는 자끼리 주고받는 미소가 어쩔 줄 모르게 기쁘다.

아침에 해 뜨는 풍경을 보고, 가는 길에 조용히 가오리 씨앗을 심고, 여러 번 쉬었다가 하산하는 중에도 여기저기 가오리 씨앗을 뿌렸다.

"임무 완료! 이제 아들과의 공상 여행은 마쳤네요. 싹이 돋아나면 두 사람의 추억의 꽃이 필 거예요."

"나와 은희만의 추억의 꽃이겠네."

고시텔의 화분은 귀국할 때 은희에게 맡겼다. 다시 올 때까지 보살펴 달라는 약속과 함께.

삼 년 뒤, 야스코는 번역 일을 시작할 만큼 한국어가 능숙해져 서울을 다시 찾았고 은희와 재회했으며 그 뒤로도 자주 왕래하는 사이가 되었으나, 설악산 산장에서 찍은 둘의 사진을 볼 때마다 그때만 열렸으나 들어가지 못한 문처럼 잃어버린 인생이 가슴에 몰려와 울고 싶어졌다.

십 년 뒤, 설악산 중턱에 외래종 풀이 번식해 생태계를 위협한다고 현지의 식물학자가 경고했고, 그 뉴스를 들은 유리오가 한국을 방문해 설악산에 올라 오노나무 군락을 확인한 것은 또 다른 이야기다.

엄마를 낙담시킨 육상부 가입을 결심한 까닭은 개와 사람이 함께하는 '어질리티' 국제 대회를 텔레비전에서 봤기 때문이다. 오노농과 함께 참가하는 자신의 환영이 텔레비전 화면에 비쳤다. 모든 경기자와 개가 자신과 오노농으로 보였다.

유리오는 안절부절 못하며 어떻게 하면 어질리티를 시작할 수 있는지 인터넷으로 알아보았다. 가까이에 교습소는 없었지만, 유리오는 오노농과 연습하는 이미지가 세세한 부분까지 계속 떠올랐다. 그리고 오노농이 아닌 개를 자신이 키울 수 있을까 하는 문제에 부딪쳤다.

완다! 순간 완다가 스쳤다. 환각 속에서 함께 어울리던 흑백의 보더콜리 완다. 결국 이렇게 되는 운명이었구나.

유리오에게서 인생의 망설임이 사라졌다. 반쪽 인간으로 무력하게 살아왔는데 이제부터는 다르다고 생각했다. 이제 눈앞에 놓인 정해진 운명으로 들어가기만 하면 된다.

그렇게 마음을 정하고 나니, 우선 보더콜리와 함께 살기 위한 돈이 필요했다. 그래서 편의점 일에 열중했다.

아빠는 변덕이 나서 아르바이트 시간을 늘려 주려 하지 않았다. 편의점에서 일하는 야스오카나 티엔에게는 생활의 문제가 있기 때문에 그들에게 충분한 급료를 주는 게 먼저였다. 그래도 부족한 시간을 네가 전부 채워 준다고 약속한다면, 더는 사람을 고용하지 않겠다고 했다. 유리오는 약속을 지켰고, 일을 늘렸다.

또 굼뜬 자신이 개와 함께 훈련을 시작하는 건 이미 늦었다. 하루라도 빨리 훈련을 시작해야 하고 지속 가능한 스프린트 능력을 개발해야 하므로, 2학년의 6월이라는 애매한 시기를 감수하면서 육상부에 들어가 400미터 달리기를 시작했다.

육상부에서 전국 선발 선수로 뽑힌 압도적인 에이스가 여자 중거리 선수인 구리하라 나쓰소였다. 유리오도 한동안 잊고 있었는데, 선발 선수 명단에서 이름을 발견했을 때 같은 앙교기타초등학교 마라톤 대회에서 우승했던 구리하라에 생각이 미쳤다. 설마, 센다이 고등학교에서 다시 함께하게 될 줄은 생각도 못 했기 때문에 특이한 이름이 아니었다면 모르고 지나쳤을지도 모른다.

초등학교 시절 구리하라는 외모가 남달랐고, 도베르만이라든가 잉글리시 그레이하운드처럼 날씬하고 씩씩했다. 그게 바로 에이스의 아우라인지 유리오는 막연히 압도되었는데, 그 정도에 그치지 않는다는 것을 알게 된 건 여름 합숙 마지막 날 회식 자리에서였다.

시원해야 마땅할 하치만다이 산록의 합숙이었지만, 그해는 이상 기온으로 한낮의 연습이 위험할 만큼 더웠다. 그래서 이른 아침이나 저녁으로 연습 일정을 분산시켰는데, 그래도 더위를 먹었다. 마지막 날에는 모두 피로가 극에 달했지만 동시에 특별한 해방감에 들떠 있었다.

저녁 식사 후, 합숙 마무리로 전원이 숨겨진 장기를 보여 주는 게 동아리의 전통이었다. 유리오는 오노농과 놀 때 연습했던 네 발 달리기를 보여 주었다. 도깨비 상자 같은 요령으로 양손으로 먼저 바닥을 짚었다가 양발을 앞으로 내밀며 달리는 모습에 관중들은 마음을 빼앗겨 감탄했지만, 그 감탄은 금세 폭소로 바뀌었고, 유리오는 마음이 편치 않아서 네 발로 뛰는 거라면 동아리에서 가장 빠를 거라고 호언장담했다. 한밤중에 운동장에 나와 부원 모두가 승부를 겨루게 되었다. 유리오는 네 발을 버둥거리며 달리는 인간들을 곁눈으로 보며 압승했다.

그러자 나쓰소가

"유리오의 우승을 축하하기 위해 리키 마틴의 〈리빙 라 비다 로카〉를 개 짖는 소리로 노래하겠습니다!"

라고 갑자기 선언하며, 왈, 왈, 왈, 왈, 왈, 멍, 와와와 와, 왕! 노래를 불렀다.

부원들 모두 어안이 벙벙하여 쳐다보다가 다음 순간 엉터리 가사를 덧붙였고 분위기는 고조되었다. 유리오는 몸을 흔들며 분위기를 맞추었지만, 정말 마음을 빼앗긴 건 그 소리가 진짜 개 짖는 소리 같다는 것이었다.

흉내 따위가 아니라, 나쓰소의 진성, 진짜 언어는 바로 이 개 짖는 소리였다는 걸 발견했다. 오노농도 저녁 다섯 시면 거리에 흐르는 노래* 〈일곱 꼬마〉에 맞추어, 아-아, 아, 우-웅 노래를 하곤 했다. 다가가기 어려워 이야기도 거의 해본 적 없던 나쓰소에게 처음으로 친근감을 느꼈다.

"저의 주제곡이었습니다!"

그렇게 알리며 노래를 마치자, 모두 환호성을 지르며 박수를 쳤다.

---

* 일본에서는 재난 때 울리는 비상벨이 잘 작동하는지 매일 확인하기 위해 저녁 다섯 시가 되면 모든 지역에 음악을 튼다. 곡은 지역에 따라 다르다.

"다음은 누가 고양이 노래를 해봐."라고 외치는 선배도 있었다.

유리오는 나쓰소에게 인사를 건넨 뒤 물었다.

"개와 함께 자랐지?"

"미쓰바도 그렇지? 그 네 발 달리기."

나쓰소는 고개를 끄덕이며 말했다. 나쓰소가 개의 혼을 가지고 있다는 걸 유리오는 처음 알았다. 유리오도 멍멍 하는 소리를 낼 뻔했지만 아직 이른 것 같아 자제하며 물었다.

"왜 그 노래가 주제곡이야?"

"그냥 리듬이 좋아서. 달릴 때 머릿속에서 그 곡이 흐르거든."

"개 짖는 소리로?"

"맞아! 짖는 소리로. 냅다 날아오른 인생, 같은 그런 노래래. 나 개랑 나를 잘 구분하지 못해서 좀 이상한 애라는 말 많이 들었어. 이상해도 상관없어. 이상한 인생을 살아 줄 테다 하고, 이 곡을 고쳐 부르는 거야. 그러니까 리키는 나의 동경의 대상. 그런 사람이 되고 싶어."

"그 사람, 잘 몰라."

"리키 마틴, 몰라?"

나쓰소는 한숨을 쉬더니 스마트폰으로 검색해서 사진을 보여 주었다.

"살짝 개를 닮지 않았어? 리키도 진정한 인생은 감추고 살아온 거야."

사진을 보자 유리오는 납득이 갔다. 나쓰소가 다가가기 어려운 분위기를 품고 있는 이유는 이 아름다운 스타의 스타일을 흉내 내고 있기 때문이다. 살짝 세운 짧은 머리, 탄탄한 근육, 도도한 눈썹, 배꼽 양쪽에 강아지 발자국 모양의 타투.

유리오는 조금 망설이다가 결심한 듯 말했다.

"구리하라, 앙교기타초등학교지? 나도 같은 초등학교였어. 마라톤 대회에서 우승했었지?"

그 말을 듣자마자 나쓰소의 표정이 굳어졌다.

"그 무렵의 나를 알고 있었구나."

"아, 아니야, 그냥 이름만."

유리오는 당황했다.

나쓰소는 굳은 표정인 채 시선을 아래로 떨어뜨리더니 잠시 침묵하다가 내뱉듯이 말했다.

"우승 따위 하는 게 아니었는데. 일부러라도 졌으면 좋았을 걸. 그런 이야기를 들을 줄 알았다면."

"하지만 달리는 거 좋아하잖아. 그래서 지금 육상부 하는 거 아니야?"

나쓰소는 상처받은 눈으로 유리오를 보았다.

"모르는 거니? 네 다리로 달릴 줄 알면서. 유리오는 왜 네 발로 달린 거야?"

잘라내듯 거친 말에 유리오는 겁먹었다.

"그거야, 내 안에 오노농이 반쯤 있으니까⋯."

유리오는 말도 안 되는 설명을 해 버렸다.

"이름이 오노농이구나?"

유리오는 고개를 끄덕였다.

"그거랑 똑같은 거야."

다시 시선을 떨구며 나쓰소가 중얼거렸다.

"그렇구나."

"오노농처럼 될 수 있으면 하고 생각했어. 달리는 것도 노는 것도 노래하는 것도 말하는 것도 인간이 아니라 오노농에게 배웠어. 아니, 배웠다기보다 오노농과 함께 발명했지."

유리오는 단숨에 털어놓았다.

"알아, 나도 철들기 전부터 완다와 함께였으니 완다를 흡수하는 게 성장 과정이었어. 완다도 나를 흉내 내며 컸고."

유리오는 세상이 뒤집히는 것처럼 놀랐다. 자신이 있던 곳은 가짜 세계였다고 알려주는 듯, 발밑이 무너지는 느낌.

"완다라고? 혹시 흑백의 보더콜리?"

"아아, 역시 아는구나. 반견 인간은."

나쓰소는 놀라지도 않고 당연한 듯 말했다.

유리오는 웡, 하고 작지만 스스럼없는 소리로 대답했다. 나쓰소가 예리하게 돌아보며 옹, 하고 역시나 작고도 스스럼없는 소리로 대답하고 웃었다. 거기에 기쁨이 흘러넘칠 듯한 것을, 유리오는 분명하게 느꼈다.

일상의 동아리 활동으로 돌아오자, 나쓰소가 속한 레벨은 유리오와 별도의 세계여서 또 다시 벽이 생겼다. 그렇게 친밀한 기분으로 이야기를 나눈 것은 합숙 때 들뜬 분위기가 만들어 낸 우연이었다고 생각하기도 했다.

유리오는 때때로 부원들로부터 개처럼 달려 보라고 부추김을 당했지만, 불쾌하여 거절했다. 그리고 고독하게 연습했다. 점차 동아리 활동에 얼굴을 내밀지 않게 되었고, 들판이나 마을 어귀 숲속을 혼자서 달렸다.

그래도 나쓰소가 자꾸 생각이 나서 동아리 활동을 그만둘 수는 없었다. 고등학교 운동장이 아닌, 조금 떨어진 종합 운동장에서 연습할 때는 반드시 참가했다. 전철로 오가면서 부원들과는 떨어져 나쓰소와 이야기할 기회가 있기 때문이다. 개와 사람이 나뉘지 않았던 시대의 기억을 이야기하면 늘 통했고, 특히 완다 이야기를 듣고 있으면 유리오는 자신이 키우고 있는 듯한 착각이 들었다.

틀림없이 나쓰소와 자신은 거의 만난 적이 없는 동종의 생물이라고 유리오는 확신했다. 그래서 마음이 끌리는 것이리라 생각하지만 자신은 없었고, 나쓰소가 이성에게 관심이 없다는 걸 이해하면서도 그래서 더욱 나쓰소에게 흥미를 느끼는 자신은 이상한 놈이 아닐까 고민하기도 했다. 그리고 그 고민을 이해할 수 있는 사람은 나쓰소뿐인데도 나쓰소에게만은 밝힐 수 없는 것이다.

유리오는 자신이 인간 여성에게 연애 감정을 느끼지 않는다는 걸 알았지만, 그렇다고 인간 남성에게 끌리지도 않았기 때문에 자신이 이상한 게 아닐까 하는 의심과, 자신이 실은 대다수의 사람과 같으면서 그걸 부정하고 자신을 속이고 있는 게 아닌가 하는 의심 사이에 끼어 옴짝달싹하지 못했다. 요컨대 인간과의 연애는 생각할 수도 없다는 게 사실이었지만, 그걸 증명할 방법이 없는 이상 자신에 대해 알 수 없는 상태였다.

나쓰소에게 밝힐 수 없는 괴로움은 오노나무에게 이야기할 수밖에 없었다. 하지만 오노나무는 센다이까지 몰아닥친 더위에 몇 번이나 축 늘어졌다. 하치만다이조차 그렇게 더웠으니 당연하다. 크게 자란 오노나무를 화분에 옮기기도 이제는 힘들어서 정원과 오노농의 뼈와 운명을 함께하도록 두기로 했다. 그래서 유리오는 가오리 씨앗을 새로 화분에 뿌렸다. 올봄에 얻은 씨앗뿐 아니라 한국산 씨앗도 심었다. 엄마가 서울에서 심은 가오리 씨앗을 은희가 보내준 것이다.

나쓰소와는 동아리 활동으로 매일 함께 보내면서 동류라는 의식을 깊이 확인해 나갔다. 유리오의 번민은 계속되었지만, 나쓰소와의 신뢰가 깊어져 갈수록 괴로움은 덜해졌다. 개의 언어로 둘이서 이야기하면 그걸로 충분했다.

3학년이 되어 나쓰소는 전국 대회에서 고교 신기록에 육박하는 기록으로 800미터와 1500미터 두 종목을 휩쓸었고, 유리오는 평범한 기록으로 지역 대회 예선을 하나 통과하고 은퇴했다.

대학 시험도 끝나고 졸업식에 육상 부원들이 모였을 때 유리오는 반 년 만에 나쓰소와 얼굴을 마주했다. 유리오는 오쿠슈 주립식물대학 히로사키 캠퍼스에, 나쓰소는 국립 아사히가와 수의학대학에 가게 되었다.

나쓰소가 말했다.

"우리 또 만날 수 있겠지?"

"필요할 때 우리의 언어로 부르면 들릴 거야."

유리오는 고개를 끄덕이고는 작은 봉투에 넣은 가오리 씨앗을 내밀었다.

"씨앗이네!"

나쓰소가 웃으며 말했다.

"증표라기는 좀 그렇지만. 아사히가와에 심어 주면 좋겠어. 이 안에 오노농이 들어 있어."

수상쩍다는 표정을 짓는 나쓰소에게 오노나무에 대해 설명하고, 유리오와 오노나무와 오노농의 관계에 대해 이야기했다.

나쓰소는 씨앗을 가만히 들여다보면서 중얼거렸다.

"여기에 우리들 종족의 기억과 역사가 들어 있구나."

그러고는 유리오에게 눈을 흘겼다.

"좀 더 빨리 가르쳐 주지 그랬어."

"지금이 바로 말할 때야."

유리오가 이야기를 마무리했다.

"뭐, 좋아. 늦지 않았으니. 순조롭게 번식하면 오노나무 수목원이라도 만들까? 그러면 부를게. 부르면 와야 해."

"오노나무 수목원. 그 생각을 못 했네. 유쾌하다."

유리오는 웃었다.

"으이크, 나 막 달릴 거 같아."

나쓰소는 근질근질한 얼굴로 말하더니 조그맣게 멍! 하고 짖었다. 유리오도 주위에서 쳐다 볼만큼 날카로운 소리로 왕! 하고 답하며 밝게 웃었다.

"아, 속 시원해. 어쩐지, 이 씨앗을 건네주기 위해 나쓰소를 만난 기분조차 드네."

아사히가와로 옮겨 간 나쓰소는 원룸 아파트 베란다 화분에 가오리 씨앗을 심었다. 식물을 키워 본 일이 거의 없었기 때문에 간격을 두지 않고 심어 빈약한 싹이 빼곡하게 났다. 그 사진을 유리오에게 보냈다가 엄청나게 야단을 맞고, 삼 년째는 연구실 동료와 함께 근처 채소밭을 빌려 본격적인 재배를 시작했다.

그 무렵 나쓰소는 연인이 된 직장 여성이 나쓰소가 개이기도 하다는 것을 이해하지 못해서, 유리오가 괴로워한 것과 비슷한 고민에 빠졌다. 이런 작은 도시에서 만난 상대건만, 자신의 일부밖에 공유할 수 없다는 사실이 괴로웠다. 자신은 어떤 존재인지 혼란스러웠다.

그 좁은 틈을 빠져나오는 순간이 오노나무를 돌보는 시간이었다. 오노나무와 마주하면, 자신을 있는 그대로 이해해 주는 존재가 이 세상에 있고, 그러니 나는 존재해도 좋다는 긍정적인 기분을 느꼈다.

오노나무는 착실히 늘어났다. 여름에 문어 꽃이 만개하고, 이어서 실한 연어알 열매가 가득히 빛나는 모습은 한낮에 빨간 야광을 보는 듯한 환상적인 느낌을 자아냈다. 연구실에서 놀이 삼아 쓰기 시작한 블로그에 사진을 올릴 무렵, 약간의 평판을 얻어 이것은 관상용으로 팔아야 한다는 대학원생 한 사람이 실험 삼아 씨앗과 모종을 팔기 시작했는데, 내놓자마자 매진되었다.

갑자기 적지 않은 이익이 생겼기 때문에 입 다물고 있을 수 없어서, 나쓰소는 오랜만에 유리오에게 메일로 보고를 했다. 이미 보더콜리를 키우며 어질리티에 열중해 있던 유리오로부터, 완다와 경기에 나갔을 때의 사진, 연습 중의 친밀한 동영상 같은 것만 날아왔고 오노나무에 주목하는 기색은 별로 없었다.

"그런 녀석이지, 유리오는."

나쓰소는 혼잣말을 했다.

나쓰소가 수의사 면허를 따고 졸업해서 바로 박사 과정에 진학했을 무렵, 오노나무 붐은 절정을 맞았다.

나쓰소의 오노나무 수목원은 졸업 동기들이 사업화하여 홋카이도 전역으로 농원을 확대했다. 다른 업자들도 점점 가담해 해외까지 유행이 번졌다. 연어알 같은 큰 열매가 열리는 종, 색상이 다양한 종, 문어꽃이 오징어꽃이 된 종, 일 년 내내 꽃이 피고 열매를 맺는 종 등 품종 개량도 진척되었다. 연어알 열매로 만든 잼이나 케이크 등도 정착

되었다.

연어알 열매가 달린 가지를 모아 보석이 다닥다닥 붙은 모양의 꽃다발을 만들고, 기구를 태워 높이 삼만 미터의 성층권까지 날려 보내자 영하 사십 도에서 얼어붙은 열매가 기구와 함께 떨어져 지상에 널리 퍼지며 싹을 틔웠다. 원예종과 함께 야생에서도 오노나무는 세력을 넓혀 나갔다. 그리하여 오노나무를 퍼트린 땅에 이상 기후로부터 도망쳐 온 사람들이 조금씩 정착해 살게 되었다. 여러 해 동안 유행하던 돼지 역병 백신 개발을 위해 은사인 라보를 이어 연구하던 나쓰소 그룹이 오노나무 성분에서 치료 물질을 발견한 것은 좀 더 훗날의 이야기다. 그 무렵에는 사람이 사는 곳 어디에나 가까이에서 오노나무가 자라고 있었다.

# 디어 프루던스

나는 애벌레. 원래는 사람이었다. 어쩌다 애벌레가 되었는가 하면 상상하는 대로 이루어진다는 말을 들었기 때문이다. 언제까지나 혼자 지낸다면 너는 너 자신이 상상한 너, 그 자체다. 그렇게 말했다.

그래서 인간으로 있으면 그대로 쓰러져 죽든지, 발병하여 썩어 죽든지 할 것이기에 나는 '썩을 병'에 감염되지 않는 생물, 애벌레가 되기로 했다.

나는 지금 정원에 살면서 풀만 먹고 지낸다. 거의 깨어 있는 내내 풀을 먹는다.

하지만 풀은 바닥나지 않는다. 나 혼자 먹는 속도보다 풀이 자라 번식하는 기세가 더 등등하기 때문이다. 행동이 굼뜬 나의 시간 감각은 인간의 시간 감각과 달라서 내게는 풀이 자라거나 움직이는 모습이 보인다. 사람이라면 식물의 움직임이 너무 느려서 멈춰 있는 듯 보이겠지만, 나는 너무 굼뜨기 때문에 식물이 자라거나 움직이는 모습을 볼 수 있다.

인간이나 다른 생물은 옛날 영화 필름을 빨리 돌리기로 보는 것 같다. 뭐가 그렇게 바쁜지 보고 있으면 웃음이 나온다.

야외의 정원이니 천적도 있다. 새는 싫다. 참새, 직박구리, 까마귀는 위험하다. 그들은 순간이동 하는가 싶을 정도로 빠르다. 인간이 내놓는 쓰레기가 갑자기 줄자 까마귀는 그동안 쳐다보지 않던 우리, 애벌레를 먹기 시작했다. "이것저것 가리지 않는 모습은 비참하군." 나는 까마귀에게 그렇게 말해 준 적이 있다. "너 따위, 먹으려고 맘먹으면 언제든 먹을 수 있어. 안 먹고 두더라도 네 목숨 줄은 내가 쥐고 있어. 언제 먹힐지 몰라 마음 졸이는 나날을 보내고 있겠지?" 까마귀는 밉살스럽게 말했다.

'까마귀가 말을 할 리가' 하고 생각하지?

그런데 말이지, 맘만 먹으면 들린다고. '까악까악, 까아' 정도의 소리만 내는 것 같지만 죽을힘을 다해 상상하면 그 의미를 알 수 있게 되지. 그러는 사이 상상하지 않아도 언어로 들리게 되는 거야.

제비가 왔을 때는 나의 핑크색 두꺼운 뿔을 불쑥 내밀어 위협하고, 지독한 감귤 냄새를 뿜어댄다. 제비는 표정도 바꾸지 않고 나를 힐끗 보더니, "젊어서 좋겠네. 허세 부리는 시간도 필요해."라고 말하고는 멋진 스타일로 날아올랐다. 허세 부리는 게 누군데? 같잖은 자식-. 이미 멀어져 보이지도 않는 제비를 향해 나는 독을 뿜었다.

박새나 휘파람새처럼 시인 같은 새들도 많다. 녀석들은 뭐든 시처럼 말한다. "부질없는 이 세상, 한낮의 태양도 한풀 꺾이려는데, 이 몸은 굶주리며 씨를 뿌리고 익숙한 날갯짓 퍼덕거리네. 아, 그렇군요, 그렇군요."라던가? 무슨 소릴 하는 건지, 원.

벌새는 나를 씹어 걸쭉하게 만든 다음 경단을 만들어 아기 새들에게 먹일 생각인가 보다. 으으, 화가 난다! 나도 먹게 해 줘, 그 경단. 맛있을 게 틀림없지. 나쁜 자식, 언젠가 벌새 새끼를 먹어 버릴 테다. '달고 맛있구나' 하면서.

말은 이렇게 하지만, 나는 풀밖에 먹지 않는 애벌레다. 고기를 먹으면 육식충이다. 육식충은 되고 싶지 않다.

사람들은 나에 대해 '기분 나빠', '만지기 싫어', '물컹물컹해', '털만 없으면 젤리', '터지면 나오는 액체 너무 싫어, 식탐도 많아', '기발한 패션 센스', '뭐가 될지 궁금해' 등 가지가지 이야기를 한다.

하지만 누가 뭐라 해도 애벌레는 남의 눈 개의치 않고 먹는 동시에 똥을 싸도 괜찮고, 그렇다고 해서 똥을 눈 곳이 더러워지는 일도 없으니 편리하다. 역시 인생, 편하게 살고 싶은 법이니까. 남한테 신경 쓰지 않고, 남의 얼굴색 살필 필요도 없다. 하고 싶은 걸, 하고 싶을 때! 하고 싶은 방식으로 한다! 풀잎을 먹고 천적과 서로 경멸하며 때와 장소를 가리지 않고 똥을 누며 배설의 쾌감에 몸을 떨며 황홀에 빠지고, 밤이면 고꾸라져 잠든다. 적도 밤에만 움직이니까.

그 아이를 본 적은 없다. 창문도 덧창도 모두 잠그고 계속 틀어박혀 있기 때문이다.

하지만 나는 거기에 그 아이가 있다는 것을 내내 알고 있었다. 애벌레가 되기 전에 나는 그 아이의 이웃집 주인이었다. 나는 이웃에 있는 이 층짜리 빌라 원룸에 혼자 사는 예순 일곱 살 여성이었다.

내가 사는 빌라의 작은 베란다에서 담장 너머로 그 정원이 보였다. 식물의 전당 '가라시야'의 아르바이트가 없는 오후 두 시 경이면 그 정원의 레몬과 라임나무에 노르스름한 빛이 도는 하얗고 작은 꽃이 피는 걸 넋 놓고 바라보는 게 즐거웠다. 그리고 꽃이 지고 열매를 맺으면 수확해서 파스타나 파에야나 타코스에 뿌리며 그 향기를 맡는 상상을 했다. 그것은 멈출 수 없는 사치였다.

내가 빌라로 이사 온 약 이십 년 전, 그 아이는 이미 방에 틀어박혀 지내고 있었다. 그 아이뿐 아니라, 온 세상이 그랬다. 접촉하는 것만으로도 전염되는 병이 이미 유행하고 있었다.

감염되면 우선 장기에 침투하고 마지막엔 피부가 여기저기 녹아 복숭아 향기 나는 달콤한 과즙을 흘리며 죽음에 이르는데, 마치 닿는 곳부터 옮아 부패하는 듯이 보였기 때문에 '복숭아열'이라는 이름이 붙었다. 세간에서는 '썩을 병'이라 부르기도 했다.

감염되지 않으려면 집이나 방이나 그늘에 틀어박히는 수밖에 없었다. 오래도록 틀어박혀서 다른 사람을 만나지 않는 동안 불안과 공포로 인해 뇌가 썩어간다는 썩을 병. 뇌가 썩으면서 세계의 멸망이 시작되고, 나 자신도 이대로 썩어 죽든가 아니면 홀로 무의미하게 살아남아 소리와 빛과 냄새를 모두 갖춘 환각으로 나 자신의 마지막 모습을 보게 된다는 썩을 병.

암흑의 시대가 얼마나 계속되었는지, 모른다. 모두들 방에 우두커니 앉아 바깥을 내다보지도 않고 바깥에서도 안을 들여다보지 못하도록 창문도 커튼도 닫고 아무 일도 일어나지 않도록 했다. 밖으로 한 발자국만 나가면 그곳에는 처음 만난 사람끼리도 손을 잡고 원을 만들며 춤출 듯한 광경이 펼쳐질지도 모른다.

하지만 나는 어쩌다 계속 집에 있을 뿐이라고 믿으면서 제정신을 유지하고 있었다. 그러므로 암흑의 역사는 알지도 못하고 기억도 못한다. 기억상실은 선택할 수 있는 거니까.

그러는 사이 만지지 않으면 가까이 있어도 괜찮다는 사실이 서서히 확인되었고 우주복 같은 옷이 만들어져 대담한 사람들부터 조금씩 밖으로 나오기 시작했다. 나는 이제 평생 밖에 나갈 생각 따위 없었지만 푸른 애벌레가 된 덕분에 나오게 되었다.

이웃집 아이는 나오지 않았다. 집 안에 있던 다른 사람은 모두 죽었다고 한다. 근처에 살던 나도 문을 두드려 보았지만, 아이는 나오지 않았다. 그 아이도 이젠 살아 있지 않다는 소문도 있고, 원래부터 방에는 아무도 없었다는 말도 있고, 별별 소문이 다 있었지만 모두 경찰이나 관공서에서 조사한 것은 아니었다. 사실무근이었다.

왜냐하면 내가 그 아이와 이야기를 나누고 있으니까. 상상 속에 들려오는 이야기를 한다고 생각하는가?

정답. 이웃 빌라에 살 때는 무리였지만, 애벌레가 되고부터는 이야기를 할 수 있게 되었다. 생각해 보라! 정원과 창 사이가 아닌가? 나는 스물 네 시간 내내 말을 걸었다.

"안녕? 컨디션은 어때? 채소 많이 먹고 있어? 나누어 줄까? 어떤 모양의 매미를 좋아해? 좋아하는 꽃은 뭐야? 참고할 수 있게 알려 주면 좋겠어. 아, 큰 소리로 말하지 않아도 괜찮아. 속삭여도 돼. 자기 자신에게만 들릴 정도의, 숨소리 같은 속삭임도. 아니 숨소리조차 내지 않아도 좋아. 머릿속으로 생각만 하는 정도라도 괜찮아. 나를 향해서 생각한 것이라면 그 느낌만으로도 전해져 오거든."

하지만 아이는 좀처럼 대답을 하지 않았다. 나는 날마다 대답하기 쉬운 질문을 생각하고 던지기를 계속했다.

"파꽃 좋아해? 옅은 파색이랑 달걀껍데기 색이랑 노란 나무껍질 색이랑, 차를 마신다면 어느 색이 좋아? 지금 무슨 생각 하고 있었어? 나는 과자로 지은 집에 사는 거나 마찬가진데, 알고 있어? 애벌레가 되는 거, 의외로 쉬웠거든. 민들레 씨가 된 것처럼 가벼운 마음으로 나와 보면 어때?"

"무서워서 싫어."

"그럼 됐어. 무리하지 마."

그것이 첫 대화였다. 나는 넋이 나가도록 기분이 좋아져서 살짝 춤을 추었다. 아, 애벌레도 춤 정도는 춘다. 상당히 멋진 로커라고! 상반신을 일으켜서 머리를 흔들흔들 격렬하게 흔드는 거야. 사람들은 그런 모습 싫어하지만 말이야.

그러고는 또 며칠간 내가 묻는 말에 대답이 없었다. 하지만 나는 걱정하지 않았다. 한 번 대답을 했다는 것은 이야기할 마음이 있다는 거니까. 다만 겁이 많아서 신중할 뿐이다.

그래서 나는 그 아이를 남몰래 '시리고미 짱'*이라 부르기로 했다. '똥 대장' 아니고 '조심 대장'이라는 뜻이니까 오해하지 마시라.

겁 많고 신중한 '시리고미 짱'이 다음으로 말을 한 때는 내가 껍데기를 벗은 직후였다.

전날부터 소화도 안 되고 식욕도 없고 컨디션도 별로였다. 설마 애벌레도 썩을 병에 감염되는 건가 싶어 불안해졌다. 그날은 바람이나 볕을 피해 부드러운 이파리 그늘에서 쉬었다.

하룻밤 자고 눈을 떠 보니, 이번에는 기력이 넘쳤다. 번식을 할 수 있을 것 같은 기분이 들었다. 번식이라고는 해도 생식은 아니다. 이미 생식으로 번식하는 시대는 지나갔으니까. 썩을 병은 생식을 불가능하게 만들었으니까.

만지면 감염되니까 발병률이 그토록 높아진 마당에, 섹스는 목숨 걸고 하는 일이 되었다. 많은 사람이 섹스로 감염되어 목숨을 잃었다. 그래서 인공 수정에 눈사태처럼 몰려들었지만, 출산 때 엄마와의 접촉은 피할 수 없어 신생아가 감염되어 죽는 사례가 뒤를 이었다. 수술로 신

---

* 원문 しりごみちゃん. 중의적인 농담으로 '똥이나 화장실 쓰레기尻ゴミちゃん'를 의미할 수 있지만, 본 뜻은 '조심성이 많은 사람(Prudence)'을 뜻하는 이름이다.

생아를 빼내는 방법을 모색하기도 하고 인공 자궁 개발을 진행시키기도 했지만, 많은 사람들이 지쳐서 생식으로부터 눈을 돌리게 되었다.

세계 인구는 줄기 시작했고, 젊은이도 감소했다.

이것이 인류의 운명이었을까? 인류라는 종의 수명이 다한 것이었을까? 체념과 함께 현실을 받아들이는 풍조가 퍼지는 동안, 갑자기 믿기 어려운 이상한 번식 사례가 동시다발적으로 퍼져나갔다.

눈치챘는지 모르겠다. 그렇다. 상상하면 늘어나는 방식이다. 상상임신 따위가 아니다. 생각하면, 그것은 실재한다.

그러므로 아기일 필요조차 없다. 내가 정말로 절실하게 내 곁에서 레몬 잎을 갉아먹어 줄 청띠세운나비의 애벌레를 갖고 싶다고 치자. 어디까지 이것은 예다. 나는 잎을 함께 갉아먹을 애벌레 따위 일 밀리미터도 바라지 않으니까. 원래부터 청띠세운나비라는 나비 자체가 존재하지 않는다.

그런 식으로 상상하여 번식하는 사람이 하나둘 나타났다. 잃은 자식을 새로 만드는 부모. 앞세운 반려자를 번식하는 파트너. 천수를 누린 부모를 이 세상에 다시 불러내는 자기중심적인 자식. 이상적인 친구를 번식하는 완벽주의자. 사원을 번식하는 욕심 많은 사장. 물론 아기를 번식하는 커플은 헤아릴 수 없이 많다.

탄생한 사람들에게 진짜 피와 살이 있는지는 아무도 모른다. 그도 그럴 것이, 나 자신이 진짜 살과 피로 이루어져 있는지도 알 수 없기 때문이다. 그런 내가 번식시킨 존재가 피와 살을 가졌는지 어떤지 증명

할 길이 없다.

하지만 아무도 그런 데 신경 쓰지 않았다. 번식한 존재는 누구의 눈에라도 보였고, 만질 수 있었으며, 이야기 나눌 수도 있었다. 생식으로 태어난 사람과 다를 것이 없었다. 더구나 썩을 병에 걸리지도 않는다.

기분에 따라 상상을 한다 해도 꼭 번식으로 이어지지는 않았다. 뭔가 어쩔 수 없는 절박한 감각이 있어야 한다. 상상으로 태어난 사람이 이미 실재하는 사람보다 훨씬 리얼하고 존재감이 있어서 상상하는 쪽이 제어할 수 없을 만큼 자율적이라고 해야 할까? 그런 바람이나 집념 같은 것이 결정체를 이루면 번식할 수 있다.

얘기가 옆으로 샜지만, 그날 아침 나는 그런 정력에 넘치는 상태였다. 온몸이 팽창하여 터질 듯했다.

그리고 실제로 터졌다. 피부가 벗겨졌다. 나는 나의 껍질을 남김없이 먹었다. 형언할 수 없이 맛있었다. 내가 생각했던 대로 나는 맛있었다. 신상 피부에 둘러싸인 나는 반짝반짝 윤이 났다. 한층 크고 탄력 있고 푸르렀다.

선명한 나를 보고 시리고미짱이 자기도 모르게 한숨을 쉬며 말을 꺼냈다.

"좋겠다."

"시리고미짱도 할 수 있어, 할 수 있다고! 민들레 솜털이라면 될 수 있어!"

나는 처음으로 내가 붙인 별명을 불렀다.

"뭐? 싫어."

하더니 더 이상 말이 없었다. 시리고미짱은 또다시 입을 다물어 버렸다. 나는 이때다 싶어 재촉했다.

"민들레 씨가 되어 살랑살랑 창문을 빠져나오는 거야. 기구에 탄 것처럼 둥둥 높은 하늘로 날아올라 실바람에 몸을 맡긴 채 훌라춤을 추듯이 흔들리는 걸 상상해 봐. 기분 좋잖아. 파스텔 같은 하늘에 크림색 태양이 빛나고, 베이지색 민들레 씨가 된 네가 떠다니는 거야. 따뜻한 느낌이 들지 않아? 아무도 시리고미짱을 공격하지 않을 거고, 먹지도 않을 거고, 피곤하면 소리도 없이 들판에 내려앉으면 돼."

"내일 생각해 볼게."

시리고미짱은 중얼거리듯 대답했다.

나는 또 힘주어 말했다.

"시리고미짱도 이제 사람으로 사는 게 싫지 않아? 사람 따위 최악이야. 자신이 인간이라는 사실이 견디기 힘들지 않아? 나도 그랬어."

시리고미짱은 조용히 듣고만 있었다.

"시리고미짱도 사실은 사람을 좋아하지? 하지만 아무도 믿지 못하지? 더 이상 배신당하는 건 이제 견딜 수 없으니까 사람을 만날 수 없어서 가만히 있는 거잖아. 어두운 방에서 미동도 하지 않고 그렇게 음습한 자신을 넘어서려는 거라면 더더구나, 다른 생명체가 되는 게 깔끔할 거 같지 않아? 나는 그런 망설임을 반복하다가 애벌레가 되었어. 그러니까 시리고미짱도 민들레 씨가 어울린다고 생각해."

그리고 며칠인가 지났다.

"민들레 씨가 되기는 했는데…."

시리고미짱이 천천히 말을 꺼냈다.

"응, 응! 그런데?"

나는 뒷말을 기다렸다.

"날 수가 없었어."

"아, 뭐 이제 완벽해! 나도 애벌레가 되는데 계절이 여든 번은 흘러
갔어. 지금 기분은 어때?"

"머리가 솜털 같아."

"부풀었어?"

"응."

"그럼 준비가 다 된 거네. 웃어 볼래? 솜털이 살랑살랑 흔들리지?"

"응."

"그 헤어스타일, 나도 좀 봤으면."

잘 유도한 것 같았는데 시리고미짱은 경계하며 입을 다물어 버렸다.
아, 어쩔 수 없지. 서두르지 말자, 시간은 많고 천천히 흘러가니까.

시간은 많다고 했지만, 너무 늑장을 부리면 애벌레는 번데기가 되
었다가 다시 성충이 되는 것 아닌가? 그런 질문이 생길지도 모른다.

사실, 길고양이 블루도 그렇게 말했다.

길고양이 블루는 지겹도록 잘난 척하고 뚱뚱한 갈색 고양이인데 사
람이었을 때 이웃 마을에서 '블루'라는 찻집을 했다고 한다. 썩을 병이

유행하여 아무도 찻집을 찾지 않자 먹고살 수가 없었는데, 자존심이 허락지 않았기 때문에 지원금을 받지 못했다. 특히 믿지 못할 관공서의 도움을 받기는 죽기보다 싫어서, 죽었다고 한다. 하지만 죽는 것도 열 받는 일이라서 혼자서 고고하게 살아갈 수 있는 길고양이로 번식했다.

전부 본인이 한 이야기라서 사실인지 아닌지는 알 수 없다. 애벌레의 몸으로 이웃 마을까지 가서 확인할 수도 없기 때문이다.

모두들 있는 얘기 없는 얘기 다 하는 거예요. 얼마 전에는 할미새가 자신은 가창력과 미성으로 유명한 가수였다고 말했지만, 그 일대를 구역으로 하는 까마귀가, 저 녀석은 사람이었던 적 없는 녀석이야, 사람이 되고 싶어서 열심히 상상을 하고 있지만, 상상력이 빈곤해서 사람으로 번식하는 건 영원히 어려울 거라고 증언했다.

그래서 나도 점점 내 기억에 자신이 없어진다. 사실은 이십 년간 계속 보잘 것 없는 애벌레여서 인간 아줌마가 되고 싶었던 것이 아닐까 싶을 정도다.

하지만 아줌마에 대한 동경이라니 손톱만큼도 없는데? 바란 적도 없는데 아줌마로 살았다고? 아줌마인 게 싫다기보다는 아줌마 취급을 받을 때마다 열이 받았다. 나는 정말 내가 아줌마라고 생각한 적이 없었다. 지금은 생활에 쫓기지만 여유가 생기면 나의 본분에 충실할 수 있도록, 그때까지는 썩지 않고 버티리라 생각하며 지하에서 버티는 동안 어느새 마흔을 지나 쉰이 되고 환갑도 지났다. 그래서 도무지 나이를 먹었다는 자각이 없다. 자칫하면 아직 십 대인 내가 내 안에 생생하게 살고 있음을 느끼거나 한다. 그 정도가 아니라, 여자라는 실감조차 없었다. 본분에 충실했을 때 비로소 자기다운 여성이 되는 거라고 막연히 생각했다.

파랗다, 파래. 예순 일곱이나 먹었는데 아직 새파랗다. 비참하다. 예순 일곱의 아줌마답게 행동했건만 본성이 드러나면 몸 둘 바를 모르겠다.

새파라니까 애벌레라니, 웃기지 마. 우연히 그렇긴 해도 역시 의미도 있고, 나는 이대로 애벌레로 있을지도 몰라.

번데기가 뭔데? 난 그런 거 몰라. 성충이면 일 인분 되는 건가? 어째서 그것이 목적지처럼 되는 거야? 나는 성충이 되기 위한 수단에 불과한 건가? 가짜 모습이라고? 애벌레가 목적지이며 전부인 게 아니란 말인가? 나는 완전한 애벌레로 존재하고 싶은 거야! 거쳐 가는 계단 같은 게 아니라는 말이다. 애벌레인 것만으로 충분한, 완전한 존재이고 싶다고!

내가 성충이 된 모습을 상상한다는 행위 자체가 싫다. 이런 나비가 되고 싶다든가, 저런 나비가 되고 싶다든가, 이미지를 떠올린다는 게 기분 나쁘다. 나비가 될지도 모르겠지만, 나방일지도 모르고 말이야. 신종 새일지도 모르고, 번데기에서 발아한 난이 될지도 모른다.

아무튼 나는 아무것도 되지 않는 애벌레라는 종류의 생물이 되고 싶다. 그 무렵 사람의 눈빛만으로 아줌마라는 성충이 되기 전, 남자도 여자도 아닌, 그 중간 지대를 어슬렁어슬렁 걷고 있는, 자기를 '형'이라고 부르는 영원한 풋내기 아가씨, 푸른 청년.

이것이 대답이다, 알았나, 블루? 꼰대 머리를 가진 길고양이, 너 따위는 이해할 수 없을지도 모르겠지만 말이다, 귓구멍 잘 파고 들어 둬라!

그러자 블루란 녀석, '냥미운' 얼굴로 말했다.

아아, 이봐, 오스트레일리아에 있는 그 주머니 동물, 뭐지? 작은 캥거루. 그렇지, 왈라비다. 너는 왈라비야. 아, 아니다, 워너비인가?

하수도 냄새 나는 아재 개그를 대방출하고 블루는 도망쳐 버렸다. 썩을 놈의 길고양이!

나도 평생 이대로 있지 못할 가능성도 있다는 걸 안다. 결국 변생(變生)이나 전생(轉生)해 버릴지도 모르고.

그러나 그것은 지금이 뭔가로 바뀌기 위한 과도기여서 그 바뀐 뭔가가 진짜라는 걸 의미하지는 않는다. 앞으로 뭐가 되든, 지금도 나는 진짜다. 애벌레는 나비보다 높지도 낮지도 않다. 그리고 다른 뭔가로 바뀐다 해도 나는 그때의 나이며, 다른 누군가가 내가 누구인지를 정할 수 없다. 아무래도 뭔가 되어야 한다면, 나도 누구도 생각지 못한 것이 되고 싶다. 상상을 초월하는, 예정 따위 없는 것.

상상하면 그것이 된다는 이야기랑 다르잖아? 하고 묻는 사람이 있겠지? 누구냐? 아메리카너구리인가?

그래, 그래, 맞네. 예리하시군, 너구리군.

하지만 말이야, 궤변으로 들릴지 모르겠지만 온몸과 마음을 다해 상상하기 때문에 상상을 초월할 수 있는 거야. 상상을 뛰어넘고 싶으니까 열심히, 상상하는 거야. 만약 적당히밖에 상상할 수 없으면, 상상한 대로밖에 안 돼. 결국 그건 상상하지 않은 게 되지.

생각대로 되지 않는 것투성이니까 그에 대비하기 위해 가능한 한 생각하고 준비할 것 아닌가? 그러면 예측할 수 있는 범위가 넓어지고 예상 밖의 영역은 작아진다. 그러니까 예상 밖의 일이 일어나더라도 받아들일 여유가 생긴다.

다른 말로 하면, 상상하면 할수록, 나의 용량이 커진다. 가능성이 높아진다. 포용력이 올라간다.

애벌레니까 며칠 지나면 번데기가 되고 나비가 되고, 이렇게 생긴 애벌레는 어떤 나비가 되고, 그것은 정해진 일이라고 생각하는 게 마음에 들지 않는다. 이제 환갑을 넘은 여자라면 아줌마고, 아줌마는 전철에서 자리를 보면 뛰어들거나 순서를 지키지 않거나, 모르는 사람에게 갑자기 말을 걸거나 하는 최강 인간. 그런 식으로만 보니까 실제로 그런 아줌마들이 되어가는 것이 마음에 들지 않는다.

그런 건 없을지도 모른다. 나처럼 감귤을 좋아하는 애벌레가 돗단 잠자리가 될지도 모르고, 녹색인종의 인간이 될지도 모르고, 달 표면의 메뚜기가 될지도 모르고, 애벌레로 계속 있을지도 모른다. 규정짓지 말았으면 한다. 나도 내 자신을 규정짓고 싶지 않다.

좋다, 영원한 워너비. 백 살 노인에게도 죽는 순간까지 '워너비'는 있으니까.

지금 분풀이 섞인 설명을 하는 사이에도 나는 나방이나 신종 새, 난이나 돛단잠자리나 녹색인종이나 달 표면의 메뚜기가 된 나를 상상했다. 그것들은 되지 않을 거고 되고 싶지도 않다. 애벌레로 있고 싶은 건지도 이제 모르겠다.

봐, 공상하면 할수록 길이 많아지고 무수한 길 하나하나가 구체적으로 보이지 않아? 뭐든 될 수 있는 건 아니지만, 뭐든 될 수 있다는 가능성만큼은 언제나 있다.

상상하는 내가 존재하는 한, 항상 똑같은 자신으로 존재하는 것 같지만 끊임없이 나는 변화하고 있다. 물의 흐름처럼.

시리고미쨩은, 눈을 뜨고 있는 동안 내내 노력하고 있는 것 같았다. 열심히 민들레 씨가 되려고 노력하는 느낌이 느긋하게 일광욕을 즐기며 이파리를 갉아먹는 나에게까지 전해져 왔다.

"파이팅*!"

"어머, 방 안에도 바람이 불어왔어."

"민들레 씨가 바람에 반응하고 있네. 일렁이고 있어!"

"자, 눈을 크게 뜨고 창문 쪽으로 조금씩 몸을 틀어서 창을 열어 봐. 크림색 태양과 파스텔 색으로 빛나는 하늘이 보이지? 조각구름이 만개한 목련 같지 않아? 세상이 시리고미쨩의 자리를 마련한 거야. 자,

---

* 원문에 '파이팅'은 한글로 적혀 있다.

얼굴을 내밀어 나한테 인사를 해봐."

"무리. 못하겠어."

가늘게 흐느끼는 듯한 소리가 들려왔다.

"응, 그대로 있어도 좋아. 그대로 괜찮으니까. 시리고미짱의 머리, 솜털처럼 흔들리겠네."

"빠져나가려고 해."

"괜찮아. 또 나오니까."

나도 괴로워서 적당한 말로 얼버무렸다.

그리고 곧 들켰다.

"거짓말. 다시 날 리가 없어."

"하지만 괜찮아. 금방 또 창을 열 수 있을 거야. 그러면 날기 시작할 테니까."

"못하겠어. 솜털 같은 몸인데 무거워서 바닥에 떨어졌어."

"반동이야. 나도 무슨 소릴 하는 건지."

"가라앉아."

"그대로 괜찮으니까 창을 열고 밖을 봐."

"안 돼. 사람은 못 보겠어."

"사람 아니야. 나는 애벌레야."

"애벌레가 된 사람한테 그런 말 듣고 싶지 않아."

"된 건 아니야. 나도 집중하지 않으면 애벌레로 있을 수 없어. 일 초, 일 초, 계속 내가 애벌레이려고 노력해야 해."

"난 벌써 이렇게 완전히 민들레 씨인데, 날 수가 없어."

"시간이 해결해 줄 거야."

"지금, 뿌리가 나왔어. 바닥을 막 붙잡고 있어."

"엣? 그래?" 나는 당황했다.

"머리가 깨질 듯이 아파."

내가 틀린 걸까? 무책임한 짓을 해버린 건 아닐까, 후회가 몰려왔다.

"머리가 깨져서 싹이 나왔어."

"정말?"

"이젠 정말 못해."

시리고미짱은 침묵했다.

얼마나 시간이 지났을까? 애벌레 감각의 시간이니, 제법 길었을지도 모른다. 다시 잠잠해진 덧창 저편 방 안에서 뭔가 천천히 크게 움직이는 기척이 느껴졌다. 나는 슬픔으로 말라버릴 것 같은 마음으로, 마른침을 삼키며 지켜봤다.

덧문이 덜컹덜컹 흔들리기 시작했다. 누군가가 창을 열려고 한다기보다 방 안의 압력 때문에 문이 견디지 못하게 된 느낌이었다. 덧창이 그 뒤의 유리창 채로 튀어나왔다. 창틀보다 커다란 청자색 에이리언의 머리가 쓰윽 나왔다. 그대로 녹색 줄기를 길게 늘여 내 눈앞까지 닿더니 갑자기 음악이 시작되는 것처럼 에이리언 머리 모양의 꽃봉오리가 다섯 개로 갈라져 크게 열렸다.

비색으로 빛나는 거대하고 눈부신 꽃은 난초로도 도라지로도 보이지 않았다. 이미 세상에 있는 어떤 꽃으로도 보이지 않았다. 그것은 시리고미짱 이외의 그 누구도 아니었다. 꽃잎 한가운데에는 작은 우주인 모습을 한 시리고미짱이 쪼그리고 앉아 이쪽을 바라보고 있었다.

모든 꽃잎에서 시리고미짱이 웃고 있는 것이 전해져 왔다. 세상 모든 것을 축복하듯, 계속해서 웃었고, 웃으면 웃을수록 꽃은 오팔 색으로 빛났다. 꽃잎 한가운데 우주인 머리에서 은빛 머리카락이 자라나 퍼졌다.

내가 넋을 잃고 보는 사이 은빛 머리카락은 한 올 한 올 더 가느다란 솜털을 펴고, 이제 꽃 한가운데에는 담을 수 없게 되자 꽃잎은 마지막 웃음을 웃고는 떨며 흩어졌다. 솜털 같은 은빛 머리카락이 무수하게 하늘로 날아오르며 쏴아쏴아 파도소리를 냈다.

그것은 작은 웃음소리처럼 들리는 돌림노래였다.

"날았어, 날았어, 날았다구."

시리고미짱이 내게 속삭이며 사라져 갔다.

나도 번데기가 될 시간이 가까웠음을 예감했다.

# 기억하는 밀림

우리는 히스 언덕에서 만났다.

영화배우 히스 레저의 죽음에 충격을 받은 나는 안이한 위로라고 생각했지만, '폭풍의 언덕을 순례하는 위안의 여행, 히스 언덕에서 힐링'이라는 패키지여행에 합류했다. 예상과 달리 동행한 여행객들이 대부분 아저씨 아주머니들이어서 명랑하다고 할지, 소란스럽다고 할지, 그 목소리가 너무 커서 자기 안으로 조용히 침잠하기 쉬웠던 젊은 나와 소라히코는 겉돌았다.

각자 쓸쓸하게 다니고 있었는데, 메인 여행지인 히스 언덕 산책 시간에 이윽고 소라히코가 굳은 표정으로 말을 걸어왔다.

"이 풍경도 이제 볼 수 없을지 모릅니다."

처음 한다는 말이 고작 그건가, 대답할 말이 없잖아, 나는 그의 어둠에 질릴 정도였다. 자살이라도 생각하는 것일까, 그렇다면 뭐라고 대답해야 좋을까?

내가 대답을 못하고 있자, 소라히코가 미안한 듯 웃으며 말했다.

"온난화 때문에요, 여기도 결국 사막화될 거라 하더라고요. 그렇게 되면 '폭풍의 언덕'이 아니라 그냥 '모래언덕'에 불과하겠지요."

"볼 수 없을지 모른다는 게 그런 뜻이었군요!"

나는 모래투성이가 된 언덕을 상상해 보았다. 모래뿐이니 사람도 살수 없겠지. 도저히 서사가 생겨날 것 같지 않았다.

그러나 지금은 옅은 분홍과 보라의 작은 종 모양 꽃이 피어, 흐린 하늘 아래 흐릿하게 불을 밝힌 듯 보인다.

"그런데요, 의외로 밀림이 되는 게 아닌가 싶기도 합니다."

"밀림요?"

"네. 식물은 씩씩하니까, 인간 따위보다 훨씬 적응을 잘하니까요. 내가 기르는 부겐빌리아 같은 아이들은 열대 식물일 텐데 기온이 영하로 내려가도 밖에서 겨울을 나거든요."

처음엔 베란다에서 월동시키려고 해도 대부분의 가지가 말라버렸는데, 간신히 살아남은 줄기에서 봄에 싹이 나와 부활했고, 이듬해 겨울에는 살아남은 가지가 늘어났으며, 그걸 반복하는 동안 한여름 더위로부터 한겨울 추위에 이르기까지 견딜 수 있게 되었다. 소라히코는 이런 이야기를 자랑스럽게 늘어놓았다.

"그러니까 히스도 온난화에 대응해서 씩씩한 거목이 되어 서로 가지를 얽으며 밀림을 만들지도 모른다는 거죠."

"그럼 그건 이미 히스가 아니겠네요."

소라히코는 고개를 끄덕였다.

"그러니까 히스다운 모습을 볼 수 있는 지금 봐 두려고요."

"식물 좋아하세요?"

분위기를 진전시켜 보려고 꺼낸 말이었는데 소라히코는 표정이 어두워지며 시선을 돌렸다. 그리고 잠시 틈을 두다, '아뇨'라고 대답했다.

"가까운 사람이 죽을 때마다 화분을 하나씩 샀어요. 그랬더니 너무 많아져서 시들면 안타까울 것 같아 열심히 돌볼 뿐입니다."

"그렇군요."

대화는 여기서 끊겼다. 소라히코와 나는 아무 말 없이 히스 사이를 나란히 누비고 다녔다.

소라히코는 혼잣말로 중얼거리듯 히스의 종류를 알려 주거나 히스가 나오는 구도로 디지털 카메라 셔터를 눌러 주거나 했다.

이 정도로 말 없는 남자는 만난 적이 없다고 털어놨는데, 정신을 차리고 보니 나는 소라히코와 펍에서 에일을 마시며 알딸딸하게 취해 히스 레저에 대해 열띤 이야기를 나누고 있었다. 반 파인트 에일에 새빨갛게 붉어진 소라히코는 모르는 배우 이야기를 슬픈 미소를 띠고 가만히 들었다.

돌아오는 비행기에서 우리는 당연하다는 듯 옆에 앉았다. 여전히 대화는 적었다. 나는 통로를 끼고 대각선 방향으로 앞에 앉은, 같은 여행

팀의 중년 부부를 바라보고 있었다. 남편이 창가 자리를 원했는데 통로 쪽으로 배치되어 심기가 불편했던지 부인에게 화풀이를 하고 있었다.

"내 안대는 어디에 넣었지?"라고 외치며 아내에게 몇 번이나 나일론 가방을 올렸다 내렸다 하게 만들거나 "티슈 좀 줘."라고 명령했다가 아내가 두루마리 화장지를 내밀면 "이런 걸 어떻게 써? 남사스럽게."라고 호통치는 걸 보면서 나는 화가 났다. 아주머니가 비틀거리며 무거워 보이는 카트를 선반에 올리려고 애쓰는 모습을 곁눈으로 보다가 영감탱이가 읽지도 않을 영어 잡지를 펼쳤을 때는 나도 모르게 벌떡 일어났다.

그런데 나보다 앞서 옆자리의 소라히코가 일어나더니 손을 뻗어 카트를 올렸다. 아주머니는 들으라는 듯이 이렇게 말하고는 눈치를 살폈다.

"고맙습니다. 정말 젊은이들은 친절하군요. 남자들은 카트를 올리는 정도도 안 하죠."

주변에 앉은 여행객들이 일제히 소라히코를, 다음에는 나를 보았다.

자리에 앉은 소라히코에게 나는 귓속말로 소곤거렸다.

"오, 멋지잖아!"

"그런 게 아니야. 동기는 좋지 않았어."

소라히코는 괴로운 듯 얼굴을 찡그리며 내뱉듯이 중얼거렸다.

"아주머니 따위 어찌 돼도 상관없어. 나는 그저 저 영감탱이가 좀 쪽

팔리라고 손을 내민 거야."

소라히코는 목소리를 낮추어 말했다.

"그런 줄 알았어. 하지만 반가웠을 거야."

"그게 싫다고. 확실하게 말하면 나는 저 영감탱이를 목 졸라 죽이고 싶을 정도야. 폭파시켜도 좋아. 저 영감탱이를 죽이기 위해서라면 비행기를 추락시켜도 좋을 정도야. 하지만 겁쟁이라서 그렇게 못 하는 거지. 그런데도 좋은 일 한 사람 대접받는 건 큰 민폐야."

"그러면 어째서 그 영감탱이를 죽이고 싶은 거야? 추저분하다고 생각하기 때문 아니야? 그렇게 생각하는 건 당연한 일이고, 그래도 깔끔하게 죽일 수 없는 건 누구라도 마찬가지지."

소라히코의 난감한 성질머리에 익숙해진 나는 적당한 수사법을 동원하여 가라앉히려 했다. 요컨대 이 인간에게는 아직 어린애 같은 구석이 있는 것이다.

"그런 게 아니야."

"그럼 뭐야?"

"곧 알게 될 거야."

소라히코는 그렇게 말했지만 그 이유를 알게 된 건 시간이 꽤 흐른 뒤였다.


소라히코의 아파트를 처음 방문했을 때 베란다에는 화분 아홉 개가 늘어서 있었다. 히스를 빼고는 모두 꽃이 안 피는 관엽 식물이었다. 돌보지 않아서 하나같이 누추하다는 인상이었다.

"그 부겐빌리아는 어느 거?"

소라히코는 키가 내 가슴까지 닿고 사방팔방으로 뻗은 가지에 답답할 만큼 빼곡하게 잎을 달고 있는 나무를 가리켰다.

"이거? 꽃이 없으니 평범하다. 빨강이라든가 오렌지라든가 꽃이 흐드러지게 피는 거 아니야? 이것도 온난화 탓인가?"

"열대라면 언제나 꽃이 피지만 일본은 사계절이 있으니까, 자연에 맡기면 꽃이 피지 않아."

"자연에 맡기지 않으면 꽃이 피어?"

"가지치기를 해 주면 꽃이 피는 모양인데, 나는 전정 같은 거 못 해. 나고 싶은 대로 나는 게 좋다고 생각하거든. 식물을 위해서도 잘라 주는 게 좋다는 건 알지만, 원예용으로 개량된 식물이 야생 식물이 되면 좋겠다는 마음이 강하게 들어."

나는 히스 언덕이 온난화로 어떻게 될까 하는 이야기를 생각해 내고는 물었다.

"밀림이 되면 좋겠다는 거야?"

말이 끝나기가 무섭게 소라히코의 눈에는 열을 품은 빛이 스쳤다.

"맞아. 이 베란다가 밀림이 되면 좋겠어."

"그, 내키지 않으면 대답 안 해도 괜찮지만 말이야, 혹시 말라 버린 식물은 없어?"

"없어. 다 적응했어."

소라히코는 의기양양한 미소를 띠며 딱 잘라 말했다.

"이 부겐빌리아는 그러니까, 어느 분의…."

"우리 아버지."

그렇게 말한 채 소라히코는 눈에서 열을 지우고, 언짢은 듯 입을 다물었다.

"덥다."

나는 섬세함이 부족한 질문이었다고 반성하며 실내로 들어가려고 했다.

그런데 소라히코가

"부겐빌리아가 처음이고, 다음이 할아버지 그 화분, 그 다음 할머니가 그쪽." 하고 알려 주기 시작했다.

나에게는 이름을 모르는 식물일 뿐이었다. 고사리처럼 생긴 식물, 미역이 뭍으로 올라온 듯한 모습의 식물, 브로콜리를 닮은 풀, 이끼의 일종이라고 생각한 것도 있었다.

"이 바나나는?"

나는 유난히 크고 녹색이 짙은 나무를 가리켰다. 작은 바나나 열매가 달려 있었다.

"고등학교 친구들. 대학 때 자전거 사고로 죽었어. 그게 네 번째."

소라히코는 어두운 눈빛으로 내 눈을 바라보았다. 나는 그 눈빛을 피할 수 없었다. 소라히코는 화분 하나하나에 눈길을 주면서 또박또박 설명했다.

"다섯 번째는 '박쥐란'이고, 회사 동기들. 입사 이 년째 되던 해 자살했어."

"여섯 번째 카쥬마루*는 초등학교 때부터 친구였던 아이의 아버지가 자살했을 때. 거기 뿌리가 잔뜩 늘어져 있는 아이."

"악어고사리는 내가 산 게 아니야. 직장 상사가 과로사했을 때 고별식에서 받았어. 수면제를 대량으로 먹고 죽었는데, 과로사 인정을 받았어."

"여덟 번째는 한 학년 위 선배가 자살한 날 우연히 산 운간초."

"아홉 번째는 겨우 한 달 전. 회사 이 년 후배가 자살해서 밤새 빈소를 지키다 돌아오는 길에 식물의 전당 '가라시야'에서 눈에 띄기에 그 히스를 샀어. 그래서 여행을 간 거야."

"그래서 어쩌면 열 번째도 사야 할지 몰라."

그때 소라히코는 스물일곱 살이었다. 나보다 겨우 두 살 위였는데, 죽음에 둘러싸여 있었다. 나는 내가 장례식에 간 회수를 세어 보았다. 외증조할아버지, 증조할머니의 오빠, 고등학교 때 친구의 어머니. 모두 병환으로 돌아가셨다.

나는 소라히코의 기분을 알 수 없었다. 너무 무거워서 내 손으로 들 수 없는 무게였다.

"한 달 전 장례식에서 밤새우고 돌아오다 직장 동료들끼리 차를 한 잔 했어. 모두 울고 있는 게 어쩐지 거짓말 같았지. 나는 우울증 환자는

---

* 오키나와에서 흔히 볼 수 있는 나무.

죽기도 하는구나, 누구도 말릴 수가 없나 보다, 하고 말했어. 그건 알고 있지만, 그런 식으로 말하는 건 사람도 아니라고, 모두에게 욕을 먹었어. 그 순간, 사람도 아니라는 욕을 먹었을 때, 마음이 편해졌어. 하지만 그런 말을 입에 담은 당사자가 제일 와닿지. 나는 자살에 익숙해져 버렸구나, 내게 아무리 소중한 사람이 자살을 한다 해도 나는 마비되어 아무것도 느끼지 않을 거라는 걸 알았어. 그런 자식이 화분을 키우다니, 이건 질 나쁜 농담이지."

나는 견디기 힘들었다. 이토록 뿌리 깊은 곳까지 어둡고 노골적이고 소심하며 어리광쟁이인 남자가 뭐가 좋다고 이러고 있는지 나 자신에게 화가 났다.

그래 놓고서도 사흘 뒤에 나는 그 아파트를 다시 찾아가서 들러붙어 살게 되었다.


지금은 그 이유가, 열 번째 화분을 사게 하고 싶지 않았기 때문이라는 걸 안다. 명료하게 의식하지는 않았지만, 어쩐지 열 번째 화분은 소라히코일 거라고 생각했다.

결과는 너무나 거짓말 같았다.

계기는 아주 작은 일이었다. 일요일에 둘이서 영화를 보러 갔다 돌아와 아파트 계단 올라가는 입구에서 같은 층에 사는 중년 부부와 부딪치고 말았을 때. 나와 아주머니는 동시에 "안녕하세요"라고 인사를 했다. 하지만 아저씨는 머리도 숙이지 않은 채 엉뚱한 곳을 보고 있었다.

거기까지는 흔한 풍경이다. 이웃 여자들끼리 인사를 나누는 동안 옆에서 고개를 휙 돌리며 인사하지 않는 남자.

소라히코의 목소리도 들리지 않아 나는 소라히코를 돌아보았다. 소라히코는 얼른 계단을 올라갔다.

집에 들어가자마자 나는 소라히코를 나무랐다.

"너도 그 아저씨보다 나을 게 없잖아! 항상 그래? 인사 정도는 좀 하라구. 영국에서 돌아오는 비행기에서 아주머니가 짐을 올리는 것도 돕지 않던 아저씨, 죽이고 싶다고 했지? 그 아저씨랑 똑같다고!"

소라히코는 자조적인 웃음을 지으며 듣고 있었지만, 고통으로 얼굴이 일그러진 나머지 웃는 것으로 보이지 않았다. 내가 말을 멈추자, 작게 '이제 와서 무슨'이라며 괴로운 얼굴로 말했다.

"남자들은 다들 그 아저씨랑 거기서 거기야. 그런 걸 모르니까 살아갈 수 있는 거야. 깨달으면 자신의 추함을 견디지 못해. 그래서 잇달아 죽어가는 거야. 그러니까 나는 깨달으려고도 하지 않고 살아가는 그 아저씨를 용서할 수 없고, 죽이고 싶어진 거야. 그렇다고 해서 알고 있는데도 뻔뻔하게 살아 망신스러운 난 그 아저씨보다 못한 최악이지. 그런 남자가 상쾌하게 인사를 할 수 있을 리가 없지 않아?"

마지막 말에 인내심이 바닥난 나는 소라히코의 유아성을 질책했다. 도망갈 곳 없는 지점까지 몰고 가서 두들겨 패 주었다. 마지막에는 둘 다 울면서 이야기를 했고, 피곤해서 잠들어 버렸다. 일종의 카타르시스를 느끼면서 잠든 그 잠은 기분 좋았고, 나는 소라히코와 지낸 생활에서 처음으로 작은 행복을 느끼며, 이 정도 언쟁이라면 둘이서 잘해 나갈 수 있다는 느낌을 받았다. 그것이 살아 있는 소라히코를 본 마지막이었다.

유품인 화분 모두를 내가 가지고 싶었지만, 소라히코의 유일한 혈육인 어머니가 어떤 식물도 소라히코의 느낌이 드니 곁에 두고 싶다고 하셨다. 어머니를 졸라 히스 화분만은 가져왔다. 무언가 호소하는 듯한 히스와 눈이 마주쳤기 때문이다.

한동안 히스 화분을 보면 울기만 했다. 너무 울어서 나 자신이 녹아 흘러 빈 껍질이 되었는데, 나는 여전히 울고 있다. 울기 위해 먹고, 울기 위해 일하고, 울기 위해 살아 있었다.

환경이 바뀐 탓인지, 히스는 점점 기력을 잃어갔다. 처음 우리 집 베란다에 옮겨다 놓았을 때만 해도 볕이 잘 드는 탓인지 옅은 복숭아색 초롱 같은 꽃이 달리기 시작했다. 하지만 작은 꽃잎이 자라기도 전에 말라 버려 갈색으로 딱지 지듯 말라갔다. 게다가 가지 끝이 시들더니 고개를 떨구고 가느다란 바늘처럼 잎도 시들어갔다. 어떻게 하면 좋은지 인터넷을 찾아보고 모든 수를 다 써 보았다. 하지만 전혀 회복할 기미가 보이지 않았다.

사분의 삼 정도가 말라죽을 무렵 나는 패닉 상태에 빠졌다. 이 히스가 완전히 말라 버리면, 소라히코도 완전히 사라진다. 소라히코뿐 아니라, 내가 지금까지 살아온 흔적도 사라진다. 나에게 매달려오는 약한 목숨을 살릴 힘조차 내게는 없구나 싶어 절망했다. 절망한 나머지 소라히코의 어머니에게 납작 엎드려 화분을 받아달라고 해야 할까까지 생각했다.

마지막 방법으로 방치를 택한 까닭은 소라히코가 그렇게 했기 때문이다. 적응할지 어떨지는 모른다. 하지만 식물의 씩씩함에 의지할 수밖에 없다. 나는 그저 필요한 만큼의 물만 줄 뿐이었다.

히스는 보란 듯이 적응해 주었다. 사분의 일로 줄었을 무렵부터 기세 좋게 회복했다. 짙은 녹색 새 가지가 많이 자라났고, 가지에는 반딧불이가 무리 지어 춤을 추듯 꽃눈이 나오며 두터워졌다. 나는 시간이 허락하는 한 히스를 바라보았다. 보고 있으면 꽃잎이 두터워지다가 드디어 피어나는 순간도, 가지가 뻗어가는 모습도 포착할 수 있을 듯했다. 밤에는 자는 시간도 아까워서 창에 얼굴을 붙이듯이 하고 잠이 들었다.

그 창에서 소라히코가 나를 엿보고 있었다.

밤의 어둠과 아침의 빛이 녹아들어 섞이는 새벽녘이었다. 비몽사몽이던 나는 어느 순간, 창문에 비친 소라히코의 얼굴을 보고 그대로 눈을 떴다. 나는 유리를 찾아 창문을 열고 베란다를 더듬었다.

아무것도 발견하지 못하고, 창을 닫고 이불 속으로 들어갔을 때, 또 소라히코의 얼굴이 보였다가 금세 사라졌다.

나는 기다렸다. 그날 아침 동안 소라히코를 세 번 보았다. 다음날은 네 번이었다. 그리고 그것은 히스 꽃이 필 때 일어나는 현상이라는 걸 깨달았다. 꽃봉오리가 힘을 늦추고 꽃잎을 확 펼칠 때, 소라히코의 모습이 빛이 되어 나타나고, 창문이 스크린이 되어 그 빛을 반영하는 것이다. 그것은 히스꽃의 날숨과 같았다.

왜 그런 현상이 일어나는 건지 모른다.

소라히코의 혼이 히스의 잎에 머무는 걸까? 언제나 가까이 있던 소라히코의 기척을 히스가 기억하고, 자기도 모르게 생각하는 걸까?

어느 쪽이든 히스가 소라히코를 기억하고 있는 것은 틀림없다. 소라히코도 식물의 이 힘을 알고 있어서 화분을 길렀겠지.

그로부터 일 년이 흐른 지금, 나는 소라히코의 기억을 품은 히스를 늘리려고 한다. 새 화분 다섯 개를 준비했다. 베란다에 흙을 깔고 히스를 모두 심어 작은 덤불을 만들었다. 그 덤불은 열대화하는 나의 베란다에 빽빽이 자라 결국에는 히스의 밀림을 이루고, 무수한 초롱 같은 꽃등을 켜며 숨 막히도록 농밀하고 생생한 소라히코를 밀림의 한 가운데 출현시켜 줄 것이다. 그리고 나를 향해 이렇게 인사하겠지, '좋은 아침이야!'

# 스킨 플랜트

시작은 타투 대신이었다고 해요. 아무도 생각지 못한 독창적인 타투를 하고 싶었던 한 불량배가 덩굴무늬 타투 대신 진짜 풀을 심어 볼까 하다가, 정말 해보기로 결심했어요. 농업대학에 들어가 몇 십 년 연구를 거듭한 끝에, 사람과 풀의 DNA를 융합시키는 데 성공했고 '타투 플랜트'라 이름 붙인 작은 아이비를 어깨에 심었습니다.

그는 늘 탱크톱을 입고 어깨부터 가슴까지 덮는 싱싱한 아이비 이파리 한 장을 선보였습니다. 아이비는 어쩌다 찢어지거나 부러져도 곧바로 다시 자랄 만큼 튼튼했습니다. 수염처럼 길게 기를 수도 있었습니다. 그는 연구에 인생을 걸었고 가족도 만들지 않았습니다. 직접 기른 아이비와 인생을 함께하기에 더없이 행복하다 말하며 어깨 위의 아이비를 사랑스럽게 쓰다듬는 그의 모습은 보는 이들을 감동시켰고, 타투 플랜트는 원예나 조경의 새로운 존재 방식으로 주목도 받았습니다.

가발 회사가 여기에 눈독을 들였어요. 이 기술을 어떻게 발모에 활용할까 생각했죠. 연구자들이 필사적으로 식물의 유전자를 모발에 이식시키려고 노력하던 중, 발상의 전환을 꾀한 어떤 사람이 자신을 대상으로 실험을 합니다. 대머리가 된 자신의 머리에 이파리가 가느다란 아이비를 빼곡하게 심은 거예요. 이름하여 '헤어 플랜트'. 아이비 이파리가 서너 개 정도 자라니 푸른 레게머리 스타일(아이비 스타일?)이 완성되었습니다.

그는 그런 모습으로 사람들 앞에 나타나 '머리엔 정원', '푸른색 머리카락은 친환경' 등의 카피를 준비해서 그 새로움을 강조했어요. 타투 플랜트가 유행해 기층이 형성되었기 때문인지 인기는 아주 폭발적이었습니다. 원래부터 멋쟁이에 센스가 남달랐던 그는 매주 머리 모양을 바꿔 가며 참신한 헤어스타일을 연출하거나, 머리를 흔들면서 심호흡하고는 "아아, 달콤한 공기!" 하고 감탄하거나, 아이비 모발을 잘라 흙이나 물에 꽂아 집 안의 초록을 늘렸습니다. 그의 모습이 정말로 기분 좋아 보여서 탈모증이 있는 사람도 머리숱이 많은 사람도 헤어 플랜트에 열광했습니다.

필요는 발명의 어머니. 수요가 높아지더니 요구도 다양해지고 그에 따른 연구가 진행되었으며, 아이비뿐 아니라 여러 가지 풀들이 식물 헤어로 개발되었습니다. 스트레이트 헤어스타일을 좋아하는 사람은 파처럼 자라는 머리, 소바주를 하고 싶은 록 가수는 수세미나 여주, 고등학생은 이끼, 머리를 세우고 싶은 사람은 잔디. 그 밖에도 아주 풍부한 아이디어로 천연 모발이 쏟아져 나왔습니다. 대마를 심어 길게 길러서 땋은 '워리어즈' 밴드의 멤버가 자기 머리에서 채취한 이파리를 피워서 대마초 취급법 위반으로 체포되던 시대였다고 하면, 그때 일이 기억나는 분이 계실지도 모르겠네요.

'타투 플랜트'와 '헤어 플랜트'를 합쳐 '스킨 플랜트'라 부르면서, 그것은 유행의 범주를 넘어 일상의 멋내기로 정착했습니다. 손목에 팔찌 같은 넝쿨을 차거나, 배꼽에 피어스처럼 싹을 심거나, 이끼로 눈썹을 디자인하는 순수한 패션으로부터 시작해 뜨거운 여름날 뙤약볕에서 작업하는 사람들이 머리에 토란잎을 우산처럼 키우기도 했습니다. 세일즈맨이 뺨에 미모사를 심어 풀과 함께 인사를 하거나, 혼자 사는 사람이 머리에 무순이나 알팔파를 상비하고 수시로 수확해 식탁에 올리는 실용적인 사용법도 널리 퍼졌습니다.

그런데 이러한 '자급자족'은 논쟁을 불러일으켰습니다. 자신의 몸을 영양분으로 기른 식물은 자신의 일부이므로 그것을 먹는 것은 자신을 먹어 자신을 살리는 자가당착일 뿐이며 영양 섭취가 아니라는 것입니다. 그렇다면 다른 사람 머리에 난 풀을 먹으면 되지 않나, 그것은 타인의 인육을 먹는 게 아닌가 등등 논쟁은 끊임없이 들끓었고, '도대체 어디까지가 인간인가?', '나는 식물인가?' 하는 철학적인 물음으로까지 번졌습니다. 물론 결론은 나지 않았습니다. 여러분 중에는 '왜 관엽 식물이 많고, 꽃을 보는 식물은 별로 언급되지 않을까?' 하는 의문을 품는 분이 계실지도 모르겠습니다. 스킨 플랜트는 한동안 줄기와 잎만 이용했습니다. 곱슬곱슬한 모발로 인기를 얻은 수세미나 여주도 꽃망울이 맺히지 않도록 유전자 처리를 했어요. 사실 소비자의 욕망은 꽃을 향하고 있었지만, 업계는 필사적으로 '검푸른 머리'와 '이산화탄소를 흡수하는 푸른 잎'이라는 이미지에 주의를 집중시키려고 애썼습니다. 일반인에게 알려지는 순간 스킨 플랜트를 쳐다도 보지 않을 만한 사건이 일어났기 때문입니다. 그 사건은 타투 플라워 개발 중에 일어났습니다.

양팔에 원 포인트로 베고니아를 심은 피험자 여대생이 꽃이 피자마자 쇠약해져 죽고 말았습니다. 봉오리가 맺힐 무렵부터 쇠약해지기는 했지만, 설마 목숨이 다할 줄은 아무도 몰랐습니다. 꽃을 피우려면 에너지가 많이 필요해서 작은 베고니아 한 송이에도 체력 좋은 젊은이가 목숨을 잃을 만큼 에너지 소모가 컸습니다.

그러나 꽃을 추구하는 욕망을 언제까지나 누를 수는 없었습니다. 업계에서도 이 연구가 성공하면 시장 규모가 폭발적으로 커질 것이기 때문에 세계적인 식물의 전당 '가라시야'를 시작으로 국내외 기업이나 투자가로부터 조 단위의 자금을 받아 세계적인 전문가들을 셀룰로스 밸리에 결집시키고 연구 개발에 힘을 쏟았습니다.

그러는 동안 꽃 없이도 만족할 수 있는 부가가치를 계속해서 내놓아야 했고, 스킨 플랜트는 경이로운 진화를 이루었습니다. 포인세티아나 드라세나, 붉은순나무 등을 참고하여 잎에도 빨강, 노랑, 결국에는 파랑까지 녹색 이외의 색을 물들이기 시작했습니다. 또 그동안 가장 큰 고민이던 벌레 문제를 품종 개량으로 해결해, 벌레가 꼬이지 않는 상품이 등장했습니다. 섬유가 질겨지면서 가늘어도 부러지지 않는 제품이 나와 몸을 많이 쓰는 사람들에게 환영받았습니다.

더욱 중대한 진화는 가벼워진 것입니다. 그때까지는 이미 뿌리와 잎이 돋아난 작은 모종을 수술로 피부에 이식해야 했고, 타투를 하는 정도의 수고와 고통과 비용이 들었기 때문에 먹고살 만한 사람이 아니면 엄두를 낼 수 없었습니다. 그런데 피부와 똑같은 접착테이프가 개발되어 이 씨잇을 피부에 심으면 씩이 나왔고, 복제 기술로 양산하게 되자 그때까지 접근이 어려웠던 빈곤층에도 널리 보급되었습니다. 마치 민들레씨가 바람에 날리듯 국경과 바다를 건너 세계로 퍼져 나갔습니다. 특히 경제적으로 가난한 지역에서는 특별한 즐거움이 없었다는 점도 있겠지만, 스킨 플랜트가 식량이 될 것 같다는 환상도 작용하여 모피처럼 온몸을 덮는 스킨 플랜트가 유행했습니다.

한편 꽃의 개화는 막다른 골목에 내몰렸습니다. 개화에 필요한 에너지를 어떻게 줄일 것인가, 또 그 에너지를 인체로부터 어떻게 효율적으로 모을 것인가, 모두 한계가 있었습니다. 원자력 에너지를 몸에 이용하는 방안까지 진지하게 연구한 결과, 거의 십 년이라는 예상외의 시간이 걸렸고, 결국 연구팀은 세상을 향해 상황을 발표합니다. "가까스로 숙주가 죽지 않고 꽃피울 수 있는 지점까지 이르렀지만, 대단한 리스크를 동반한다. 그리고 이 이상 리스크를 줄이는 것은 이론적으로 불가능하다."는 내용이었습니다.

구체적인 리스크 내용은 공개하지 않았지만, 선진국들은 개발을 금지했습니다. 그러나 업계는 막대한 경제 지원을 얻어 개발이 금지되지 않은 지역에서 상품화를 시작합니다. 지역 주민을 극비리에 피험자 삼아 실험했고, 꽃이 피었을 때 르포 기자들이 결사적으로 잠입하여 기사를 씀으로써 그 리스크가 무엇인지 만천하에 드러났습니다.

그것은 성욕의 소멸이었습니다. 피부에 붙은 씨앗이 싹을 틔울 때부터 그 사람은 성욕을 잃습니다. 단순히 성적인 기분이 사라지는 게 아니라, 생식을 위한 기능을 잃습니다. 즉, 성인 신체의 일상 활동을 가능케 하는 원동력인 생식 에너지를 막음으로써 스킨 플랜트는 꽃을 피우는 데 필요한 에너지를 축적합니다. 그리고 한 번 꽃을 피운 사람의 몸은, 이미 성적으로는 기능이 종료되어 원래대로 돌아갈 수 없습니다. 국가가 개발을 금지할 정도의 리스크란, 새로운 세대가 탄생하지 않을 위험, 즉 장래에 인간이 멸종할 가능성이었습니다.

아이를 선택할 것인가? 꽃을 선택할 것인가? 물론 아이를 갖고 싶은 사람은 아이를 낳은 뒤에 꽃을 피우는 방법도 있겠지요. 하지만 현실에서 그런 냉정한 선택은 불가능했습니다. 다음과 같은 자막이 들어간 불법 영상이 당시 유튜브에 돌아다녔습니다.

"머리에 꽃이 피었을 때 기분이 어땠어?"

"완전 좋았어."

"섹스보다 좋아?"

"아아, 그런 거랑 차원이 다르지. 절절히 행복하다고나 할까, 살아 있길 잘했다는 기분이라고 할까."

"만족감?"

"응, 그렇게 말할 수도 있겠지만, 좀 더 근본적인 감정. 뭐야, 내가 여기에 있잖아! 하는 느낌. 나 자신으로 돌아와서 안정된다고 할까?"

부케 아래 얼굴이 붙은 것처럼 고운 꽃이 머리를 감싸며 피어난 남아시아 여성의 영상은 보는 사람의 마음을 이상하게 흔들어 놓았습니다. 노란 아이리스, 홍화, 거베라, 붉은 장미, 참나리…. 그 꽃들은 장식이 아니라, 두피에 자라 흐드러지게 피었습니다. 꽃잎의 붉은색도 노란색도 잎의 초록도 그 몸이 만들어 낸 것이라 생각하면 웃어야 할지 울어야 할지 알 수 없는 기분이 솟아납니다. 타버릴 것 같은 소란이 가슴속에서 커지는 한편, 많은 사람들이 인간이라면 이렇게 아름답게 살아도 좋은 거야, 꼭 인간다움에 연연하지 않아도 좋아, 당연한 걸 잊고 산 것 같아, 그런 생각을 했고, 꽃을 받아들일 마음의 준비를 해 나갔습니다.

꽃을 피울 에너지가 없는 어르신이나 몸이 약한 사람들 중에는 다들 세뇌당하고 있다거나, 안도감을 가져오는 의존성 약물이 들어 있다거나 하는 음모설을 주장하는 이도 있었습니다. 하지만 그런 이들도 막상 가까운 사람들이 현란한 꽃으로 머리가 빵처럼 부푼 모습을 보면, 지금까지 살아 있길 잘했다, 나는 행복한 사람이다, 그런 느낌이 들었습니다.

모니터링 기간이 끝나자, 꽃 피는 스킨 플랜트 종은 무슨 일인지 무상으로 전 세계에 일제히 배포되었습니다. 법으로 금지한다 해도, 별이상도 없는 꽃씨까지 관리할 수는 없었습니다. 눈 깜빡할 사이에 씨는 퍼져 나갔고 싹을 틔웠습니다. 망설이는 사람도 분명히 있었지만, 일 년 뒤의 통계에 따르면, 팔십 퍼센트 가까운 성인이 머리에 씨앗을 심었습니다.

아아, 행복만이 넘치던 이 시대를 어떻게 표현하면 좋을까요? 사진이나 영상을 보신 분이 많을 텐데요. 보는 것만으로도 가슴이 두근거리지 않습니까?

몇 달 뒤 이 세상은 천국이라고 착각할 정도로 달라졌습니다. 온갖 꽃이 찬란하게 피었습니다. 도심의 교차로를 부감으로 내려다보면, 길을 가득 채운 사람들의 머리에 세상 모든 꽃이 흐드러지게 피어 있었습니다. 만원 전철 안은 색색의 꽃들로 눈이 어른어른했고 꽃향기로 숨이 막힐 지경이었습니다. 휴일에 사람이 몰리는 근교의 산과 들에서는 마치 꽃이 걸어 다니는 듯했습니다. 해수욕장도 사람 꽃으로 가득해서, 바다에는 꽃이 헤엄을 쳤습니다. 직장에도 학교에도 의회에도 술집에도 사람이 있는 곳이라면 꽃이 넘쳐났습니다.

성범죄가 급격히 줄어든 사실은 생각지 않은 부차적 효과였습니다. 없어지고 보니, 일상이 얼마나 성에 관련된 범죄와 폭력, 짓궂은 언행으로 이루어졌던가 싶어 등줄기가 서늘할 정도였습니다.

대신에 이 풍조에 절망을 느낀 안티 스킨플랜트주의자들의 폭행이 늘었습니다. 대부분은 머리꽃을 잡아 뜯는 정도여서, 뜯긴 사람은 다시 씨앗을 심으면 되지만, 피부째 벗겨 버리는 잔혹한 범죄를 저지르기도 했습니다. 그들에게 누군가 몰래 씨앗을 심는 복수극을 벌이면서 그들은 자연스럽게 사라져 갔습니다.

안티 스킨플랜트주의자들의 파괴 활동은, 그래도 아직 번식하고자 발버둥치는 구 인류의 단말마 같은 신음소리였겠지요.

그렇습니다, 그때 인류는 이미 각오를 했습니다. 이토록 아름답고 환상적인 광경과 맞바꾸어 자신들의 세대에서 인간은 멸망하는 것이라고. 그것은 자신들은 이렇게 행복했으니 됐다, 멸망한들 후대와는 상관없다 하는 이기적인 자세와는 전혀 달랐습니다. 인간은 종착점까지 왔으니 순순히 끝내자는, 운명을 담담히 받아들이는 깨달음의 경지였다고 할 수 있습니다.

정식 기록은 아닙니다만, 사람들의 머리에 꽃이 피어나기 시작한 때로부터 삼 년 뒤에 인류의 마지막 아이가 태어났다고 합니다. 그 아이는 친구가 없어서 쓸쓸한 삶을 살았을 테지요. 세상에서는 아기의 모습이 사라졌습니다. 꽃이 피면 동시에 숨이 끊어지는 고령자도 늘었습니다. 화장하지 않고 그대로 땅에 묻으면 스킨 플랜트가 흙 속에서 모습을 나타내고, 흙에 뿌리내려 무덤을 만듭니다.

스킨 플랜트는 개량을 거듭하면서 섞어 심는 방식도 발전했습니다.

진홍의 꽃생강, 다알리아, 맨드라미를 닭벼슬처럼 세운 젊은이들. 씻으면 블루에서 보라로 색이 바뀌는 수국, 터키도라지, 카네이션, 난을 파마한 것처럼 보글보글 얹은 아주머니. 나이와 계절, 지역에 따라 유행하는 꽃이나 색도 달랐습니다.

꽃은 계속 피어 있지 않고 정해진 시간이 되면 말라서 떨어집니다. 흙에 심은 식물과 마찬가지로 수분된 꽃이 떨어진 뒤에는 열매를 맺습니다. 열매가 익기 전에 잘라서 새로운 씨앗을 심어 버리는 성질 급한 사람도 있었지만, 대개는 자연에 맡겼습니다. 그러므로 식물머리 끝에 구즈베리가 열리거나 여주를 늘어뜨린 모습도 익숙해졌습니다. 익은 열매가 떨어지면 이윽고 그 씨앗이 땅속에 묻힙니다. 그리하여 지구의 표면에 스킨 플랜트의 씨앗이 쌓여 갔습니다.

그 씨앗이 어찌 되는지는 스킨 플랜트를 연구 개발한 사람들도 짐작하지 못했습니다. 씨앗을 다시 한번 피부에 심은 사람도 있었지만, 싹을 틔운 예는 없었습니다. 그런데 오 년 뒤, 스킨 플랜트가 자란 것으로 보이는 식물을 발견했다는 보고가 나왔습니다. 지역 주민에게 모니터링 시험을 한 남아시아에서 용설란 같은 다육 식물의 중앙에 줄기가 올라와 인간의 영아 모습을 한 주먹 크기의 녹색 열매가 그 끝에 열렸습니다. 비디오카메라를 설치하고 스물 네 시간 연구원이 붙어 신중하게 경과를 관찰했습니다.

영아 열매는 점점 커지면서 녹색에서 옅은 복숭아색으로 바뀌더니 때때로 몸을 실룩실룩 움직였습니다. 관찰한 지 넉 달 만에 거의 완전한 인간의 아기가 되었고, 줄기로는 지탱할 수 없어 흔들렸습니다. 그 불안정이 싫어서 몸을 뒤트는 순간, 줄기에서 배꼽이 떨어져 아기는 이파리 사이로 떨어졌고 인간의 목소리로 울기 시작했습니다.

온 세계가 눈물을 흘렸습니다. 인류의 멸망을 자연스러운 일로 받아들였는데, 아직 계속될 거라는 걸 확인한 순간 감개무량한 게 당연하지요.

그런데 그 아이는 최초로 발견된 1호 아기가 아니었습니다. 이미 그 마을에는 그렇게 탄생한 아기들이 있었고, 마을 사람들은 그들을 '행복한 꽃의 아이들', 혹은 '플라워즈'라 불렀다는 것을 여러분은 알고 계시겠지요? 그리고 아시는 바와 같이, 나도 그중 한 사람입니다.

플라워즈에게는 인간의 생식 능력이 없습니다. 난소, 자궁, 정소 같은 생식 기관이 처음부터 없습니다. 몸의 털은 모두 풀로 이루어져 있고, 태어나서 십오 년 정도가 되면 그 풀 부분에 씨방이 달리기 시작합니다. 지금의 신인류처럼 꽃의 종류를 자유롭게 바꾸어 심을 수 없었습니다. 각각 처음부터 가지고 태어난 꽃을 싹틔웁니다. 저도 지금 그 싹이 나오기 시작해서 봉오리가 되려는 중입니다. 꽃이 피는 건 시간 문제겠지요. 플라워즈 가운데 조숙한 녀석이 최초의 꽃을 피운 때가 벌써 오 년 전이므로 나는 내 자신이 어떻게 될지 어느 정도 알고 있습니다.

최초로 개화한 플라워즈의 예를 보자면, 꽃이 핀 뒤에는 열매를 맺고 씨앗이 생깁니다. 땅에 떨어진 씨앗은 이 년 정도 지나 싹을 틔우고,

삼 년 정도에 영아 열매를 맺죠. 그 열매는 생장하지만, 우리와 달리 피부가 녹색인 채입니다. 다섯 달 정도 지나 인간의 아기보다 길고 홀쭉하게 자라면 목덜미와 겨드랑이 밑, 사타구니에서 새로운 싹이 나옵니다. 그러면 눈을 열고 울기 시작하는데 배꼽은 떨어지지 않아요. 배꼽 끝의 줄기는 넝쿨 상태로 길게 자랍니다. 즉 인간의 모습을 하고 움직이지만 어디까지나 풀의 일부로 자랍니다. 우유를 주면 마시고, 장난감을 쥐어 주면 놀며, 말을 배우기도 합니다. 하지만 줄기에 연결되어 있어서 움직이는 범위가 제한됩니다. 뿐만 아니라, 거미집 안에 있는 것처럼 몸에서 새로운 넝쿨이 자라 주변에 얽힙니다.

이해하셨겠지요. 우리 플라워즈의 다음 세대는 식물의 비율이 좀 더 높은 인간입니다. 인간은 이렇게 해서 조금씩 식물과 한몸이 되어 가는지도 모릅니다. 그 증거의 하나로 제가 낳은 씨앗은 어떤 환경에서도 잘 자라는 것 같습니다. 우리는 부모가 확실하지 않으니 대부분이 고아입니다. 그 탓인지 몰라도 방랑벽이 있습니다. 며칠 전에도 유럽 남부의 플라워즈들이 장마 기념식 날 아프리카 서부 사막 지대에 모였다는 이야기를 들었습니다.

아무튼 마음 내키는 대로 흩어져 씨앗을 뿌립니다. 사막에서도 습지에서도 극한의 땅에서도 바위산에서도 도시의 아스팔트에서도 공기 중에서도 싹을 틔워 자라는 보고가 나옵니다.

나는 금속 위에 씨앗을 뿌리고 싶었습니다. 그렇게 여기저기 공언했더니, 이렇게 우주 정거장으로 보내졌습니다. 나의 씨앗은 외벽에 붙을 수 있다고 합니다. 진공 상태입니다. 달 표면에 뿌릴 수 있다는 얘기도 들었습니다.

여러분이 우주 시간으로 짧은 세월을 보내는 동안, 인간은 이렇게 되었습니다. 미래는 아무도 모릅니다. 나는 인간이 거의 식물화되어, 하지만 완전히 식물이 되지는 않고, 어쩌면 이동하는 능력을 가진 초목이 되어 지구에 번창하지 않을까 생각합니다. 인간은 생태계를 파괴해 왔다고 하지만, 어쩌면 그것도 운명지어진 일인지 모릅니다. 즉, 사람이 몸에 꽃을 이식하고 싶다고 욕망하고 생식 능력을 버리고 꽃을 피우며 서서히 식물에 가까워지도록 DNA 속에 프로그래밍되어 있었는지도 모른다는 생각이 듭니다.

우리는 신세대보다 성장이 빠르고 열다섯 살 정도에 다음 세대를 남기고 있으므로, 아마 수명도 짧을 것입니다. 이십 년이나 삼십 년 정도일 거라고 생각합니다. 다음 세대는 더 빨리 꽃을 피우겠죠.

이 우주 정거장에서 지구가 알록달록한 사람꽃으로 덮이는 광경을 언젠가 볼 수 있을지도 모릅니다. 생명의 아름다움을 그렇게 바라보는 일은 소소한 행복일 테지요. 내가 살아 있는 동안은 무리겠지만, 상상만으로도 가슴이 뜁니다. 누가 뭐래도 우리는 행복한 꽃의 아이들이니까요.

# 고사리태엽

째깍째깍째깍, 시계 소리가 시간을 쪼갠다. 얼결에 시계를 보니 시간을 나타내는 바늘은 없고, 시계는 시간을 쪼개고만 있다.

오후였다. 호시노는 이 낡은 양옥에서 식물전환수술을 받고 오랜 시간 경과를 보다가 이제 막 거실로 나온 참이었다.

"이 시계 소리에 몸의 리듬을 맞추도록 노력해 주세요."

간호사가 말했다.

"이 시계는 말하자면, 호시노 씨의 페이스메이커니까요."

말은 그렇게 하지만, 춤을 출 것도, 연주를 할 것도 아닌데, 어떻게 리듬을 맞추면 좋다는 말인가? 호시노는 방 한가운데 우두커니 놓인 의자에 앉았다.

'저게' 하고 간호사는 벽 모퉁이의 의자를 가리켰다.

"동물 시절 호시노 씨의 심장입니다. 이제 식물화 처치를 받으셨지만요."

'심장'은 유리로 만든 디캔터에 살아 있었다. 디캔터 안에는 불기둥처럼 솟은 푸른 잎과 하얀 뿌리가 엉켜 자라고 있었다.

"대신에 호시노 씨를 움직이게 만드는 힘은 이겁니다."

이번에는 바닥을 가리킨다.

창가의 햇살이 닿은 바닥에 고사리태엽이 몇 개 잘려져 있었다. 호시노는 무심코 자신의 가슴에 손을 대어 보았다. 박동은 없었다.

간호사는 웃으며 고개를 끄덕였다.

"맞아요. 호시노 씨도 그 시계와 마찬가지로 태엽으로 움직이는 거예요. 완전히 식물로 전환되면 움직일 필요가 없지만, 호시노 씨는 그 유명한 가공의 보행 식물 트리피드*를 동경했으니 동력을 만들기 위해 태엽을 장치한 겁니다. 그래서 호시노 씨의 새로운 신체 기관은 고사리태엽이 맡고 있습니다."

간호사는 그렇게 설명하더니 호시노가 입은 연두색 환자복 상의에 손을 쑥 넣고 가슴을 펼쳐 젖꼭지를 꼬집어 돌렸다. 가슴의 피부가 문짝처럼 열렸다. 한가운데 텅 빈 곳에 고사리태엽이 있고, 태엽이 풀리는 방향으로 천천히 회전하고 있었다. 더 안쪽에는 연동하는 꽃 톱니바퀴가 복잡하게 돌고 있다.

---

* 존 윈덤이 1951년에 발표한 장편 SF 소설 『트리피드의 날(The Day of the Triffids)』에 등장하는 보행 식물.

간호사는 태엽 중앙에 검지를 찔러 넣고 태엽을 감는 방향으로 살짝 돌렸다. 그 순간 호시노는 불같은 힘이 치솟는 것을 느꼈다.

"자동은 아니기 때문에 가끔 이렇게 돌려주셔야 해요."

간호사는 가슴을 닫았다.

호시노는 고개를 끄덕이고 바닥에 굴러다니는 태엽을 하나 들어올렸다.

"그 죽은 태엽은 호시노 씨를 위한 스페어니까 소중하게 간직하세요. 이 계절이 지나면 스페어를 구하기가 어려워지니까요."

"죽은 태엽."

"맞아요. 호시노 씨를 위해 죽은 겁니다. 꽃꽂이 식물은 모두 식물의 사체입니다. 그게 찜찜하니까 '생(生)'이라든가 '활(活)' 같은 한자*를 쓰는 거죠."

"모든 태엽이 망가지면, 어떻게 됩니까?"

"움직이지 않게 돼요. 움직이지 않게 되면 호시노 씨한테 뿌리가 생깁니다."

"그렇군요."

"그럼 당분간은 리듬을 맞추는 데 집중해 주세요."

간호사는 그렇게 말하고 나갔다.

째깍째깍째깍, 시계는 소리만 울렸다. 손목의 맥을 짚어 보았지만, 맥박은 뛰지 않았다.

---

* 꽃꽂이를 뜻하는 일본어 生け花 또는 活け花에 들어간 한자를 가리킨다.

창가에는 바나나코끼리 한 쌍이 화분에 꽂혀 있었다. 호시노는 바나나코끼리에게 다가갔다. 바나나코끼리들은 슬로 모션으로 놀고 있었다. 큰 바나나코끼리가 작은 바나나코끼리를 타고 올라 흔들리거나, 바나나를 서로 만지거나 선잠을 자며 배를 젓거나 했다.

호시노가 얼굴을 가까이 대자 바나나코끼리 꽃=코에서 희미하게 썩은 냄새가 뿜어져 나왔다. 갈기 같은 바나나 꾸러미를 만지자 바나나코끼리가 꽃을 흔들었다.

그러고 보니 배가 고픈 것 같아 호시노는 바나나를 두 개 따 먹었다. 바나나코끼리는 싫어하지도 않았다. 오히려 호시노의 기분이 기묘했다. 생고기를 손으로 찢어 먹는 듯한 야만스러운 느낌이었다.

호시노는 다시 한번, 바나나코끼리 전체를 자세히 관찰했다. 뿌리 쪽에 희미하게 코끼리 발 모양이 남아 있었다.

역시 그런 거였구나. 이 녀석은 실패작이다. 바나나코끼리들도 식물전환수술을 받은 직후에는 지금의 호시노처럼 움직였을 것이다. 하지만 어떤 이유에선가 움직일 수 없게 되었고, 뿌리가 자라 이렇게 바나나코끼리 나무로 바뀐 것이다.

"수술에 실패하면 그저 새로운 풀이나 나무가 되어 우리 식물원에서 재배하게 됩니다."

집도의가 설명했을 때 호시노는

"그래도 괜찮아요."라고 승낙했다. 어쨌거나 식물전환수술은 아직 시험 단계였다.

호시노는 수술 대상자를 모집하는 전단을 보고 응모했다.

전단지는 유기 식물관 '플랜티지움'의 화장실에 아무렇지 않게 붙어 있었다. 호시노는 변기에 앉아 그걸 읽었다. 똥오줌은 톱밥이나 쌀겨와 섞여 분해 처리되어 식물관에서 키우는 식물의 거름이 된다고 했다. 진작부터 식물의 일부가 되고 싶다고 열망하던 호시노는 그 화장실에서 배설하는 게 꿈이었다. 취직을 못하고 식물의 전당 '가라시야'의 알바생으로 일하며 시급 750엔으로 근근이 생활하고 있었기 때문에 같은 '가라시야' 산하 연구소지만 알바생한테도 입장료 8천 엔을 갈취해 가는 '플랜티지움'에는 좀처럼 들어갈 수 없었는데 일 년 동안 금연을 해서 겨우 꿈을 실현했다. 호시노는 설사까지 준비해서 세 번 배설했다. 배설을 마치고 최고의 행복을 느끼며 한숨을 내뱉었을 때, 변기 옆 베니어판으로 된 벽에 손으로 만든 상자가 압핀으로 고정되어, 그 안에 전단지 몇 장이 꽂혀 있는 걸 보았다.

"우리 식물관이 유기농을 추구하는 까닭은 거름 때문만은 아닙니다."라고 적혀 있었다.

"당신도 식물의 일원으로 참가할 수 있다는 의미이기도 합니다."

아직 실험 단계이긴 하지만 최신 인체 공학 기술을 이용하여 식물 특유의 능력을 인간에게도 살린다는 프로젝트를 시작했다. 식물의 능력을 조합해 넣음으로써 모든 기관이 자가 재생 가능한 인체를 실현한다는 시도였다. 어떤 장기로도 바꿀 수 있는 다기능 간세포를 인공적으로 이식하는 현재의 치료법이 아니라, 자기 세포가 자동으로 판단하여 결손이나 기능 부전에 빠진 부분을 재생시키는 방법이다. 병으로 간이 기능을 못하면 몸이 알아서 진단해 간 기능을 회복시킨다. 손가락이 잘리면, 새로운 손가락이 돋는다. 시각을 잃으면 시각 신경세포를 만들어 낸다. 성공하면 어떤 장기나 인체 부분도 재생 가능해진다. 장기를 목적으로 한 인신매매 문제도 해결된다. 광합성 능력을 가질 수 있다면 다가올 식량 부족 문제도 해결할 수 있을 것이다. 그런 '식물인간'을 개발하는 게 이 유기 식물관의 또 하나의 목적이다.

따라서 실험대가 되어 줄 사람을 구하고 있다. 성공하면 경이로운 재생력을 갖춰 더 이상 의사가 필요 없는 몸을 얻을 수 있을지 모른다. 수명도 연장할 수 있다. 평균 수명까지는 살 수 있을 정도의 보수도 약속한다. 하지만 실패할 확률도 적지 않다. 그때는 '인간 식물'이 되어 인체의 일부를 가진 식물이 되어 버린다. 그런 신종 인간 식물이 유기 식물관에서 수없이 재배되어 방문객들에게 놀라움을 선사한다. 즉, 이 식물관의 우수한 직원이 애정을 가지고 돌보기 때문에 나름대로 행복한 생애를 보내게 될 것이다.

호시노는 곧장 신청했지만, 일단 '가라시야'의 동료이기도 한 연인에게 의논을 했다. 그녀는 좋은 생각이라며 찬성했다. 풀이 되면 마초기질도 없어질지 모른다고 말했다.

"성공하면 나도 따라서 수술을 받을까?"

"부모님께는 어떻게 설명하지?"

"걱정하지 마. 성공하면 새로운 식물의 모습으로 이게 본래의 나입니다, 하고 커밍아웃하면 되고, 실패하면 내가 씨를 보내줄게. 그 씨를 심으면 부모님은 평생 자식과 함께 있을 수 있어."

"정말 그렇겠네."

이렇게 해서 식물전환수술 지원을 하려고 호시노가 방문한 곳이 이 낡은 양옥이다. 사전 문진에서는 자신을 꽃꽂이해서 장식하고 싶다고 말했다. 상담 의사는 수술이 성공하면 그건 손톱을 자르는 일보다 간단하다고 했다. 그러면 얼른 합시다, 하고 의사가 방을 나가자, 노란 벽에 꽂힌 난꽃이 노란 컵을 내밀었다. 호시노는 이 난꽃도 식물 전환한 인간이구나 생각하면서 컵을 받아 그 안에 담긴 달콤한 액체를 마시고 정신을 잃었다.

의식이 돌아왔을 때 제일 먼저 시야에 들어온 사람이 "수술은 일단 성공입니다."라고 말했다. 녹색 커튼이 쳐진 방은 좀 어둑했다.

"일주일 동안은 여기에서 물만 마셔야 합니다. 다음 일주일은 커튼을 열고 일광욕을 충분히 하세요."

재활 계획대로 답답한 열흘을 보냈을 때, 팔에서 푸른빛이 도는 걸 발견하고 호시노는 환호작약했다. 시험 삼아 새끼손가락을 과일칼로 무리하게 베어 본다. 피는 나오지 않고 초록색 젖 같은 게 배어 나왔다. 떨어진 새끼손가락에서 뿌리가 나오기 시작했다. 손의 상처에서는 작은 손가락이 싹트고 있었다. 호시노는 만족해하며 떨어진 손가락을 짓눌러 화장실 변기에 흘려보냈다. 그대로 두면 호시노 풀이 자랄 테니까.

햇볕을 쬐며 바늘이 없는 태엽 시계가 째깍째깍 시간을 쪼개는 소리를 듣고 있자니, 졸음을 참기 어려웠다. 바나나코끼리를 갈기 같은 뿌리에서 잘라 절단한 자신의 팔과 함께 꽂아 보기도 했지만 바늘 없는 시계의 시간은 가지 않았다. 귀를 뜯어보거나 안구를 한 개 빼어 보거나 성기를 빼거나 하면서 자신의 몸에서 소생시킬 수 있는 부위는 모두 새로 만들어버렸다. 그러자 할 일이 없어져 다시 의자에 앉았다.

간호사는 꽃꽂이가 모두 식물의 사체라고 말했다. 그러나 내 몸의 일부를 꽃꽂이하면 나의 본체를 꽃꽂이하지 않는 한, 사체라고는 할 수 없다. 바나나코끼리는 화분에 꽂혀 사체가 된 것처럼 보이지만, 땅속에서 양분을 빨아올려 남아 있는 줄기에서 다시 싹이 나고 부활할 것이다. 뿌리가 없는 나는 꽃꽂이가 되면 끝장이다. 내가 정말 바라는 건 자신이 몇 번이나 꽃꽂이가 되어도 죽지 않는 것이 아닐까? 결국 나의 본체는 뿌리가 나기를 바라는 게 아닐까?

볕을 쬐면서 기운이 넘쳐흐르는 걸 실감했다. 몸에 근육이나 지방이 축적되어 가는 것을 여기저기 가려운 것으로 알 수 있었고, 양분을 듬뿍 옮기는 초록빛 유액이 혈관이 아닌 잎맥을 따라 흐르는 기세와 소리를 피부로 느꼈다. 광합성이란 기분 좋은 것이다.

병실에 틀어박혀 무료함을 견디지 못하다 낮부터 새우잠을 잘 뿐이었으므로 밤잠이 얕아졌다. 그날 밤도 꾸벅꾸벅 잠깐씩 졸다가 눈이 떠졌다.

방은 푸르스름한 달빛으로 넘쳐 밝았다. 창을 올려다보니, 만월이

하늘에 걸려 있었다. 달빛에도 광합성을 할 수 있을까? 그렇다면 해 두는 게 좋겠지? 생각하며 침대에서 일어났다.

사람의 기척이 느껴졌다. 시야의 끝을 스치는 무언가에 눈을 모았다. 벽 가장자리 의자에 하얀 인간이 앉아 있었다. 깜짝 놀라 어이, 하고 소리를 냈지만, 꼼짝도 하지 않았다.

희뿌연 어둠에 눈이 익숙해지고 보니 그것은 자신이었다. 끝물의 콩나물 같은 호시노였다.

아아, 호시노는 납득했다. 식물화 처치가 된 호시노의 심장이 자라 호시노 풀이 된 것이다. 잘 보면 손발은 줄기나 무처럼 두꺼운 뿌리이고 머리카락이나 귀나 옷은 연초록 이파리로 이루어져 있다. 목덜미와 손가락 사이, 코와 귓구멍 등에는 꽃봉오리 같은 게 부풀어 있었다.

실패한 호시노 풀이 되면 저렇게 되는 것일까? 꽃이 피거나 열매가 열리거나 마르거나 하는 모습을 보는 일은 사양하고 싶었다. 하지만 뿌리는 자라고 있는 거지, 하고 생각하자 뿌리 없는 자신이 더 비참하게 느껴졌다.

안 되겠어, 그렇게 느끼기 시작하면 끝이야. 호시노는 전율하며 마룻바닥에 놓인 태엽을 집어 들고 가슴 문을 열어 잃어버리지 않도록 보관하고 병실을 나갔다.

복도를 돌아 정원으로 나가는 문을 발견했다.

이주일의 칩거에 지친 호시노는 피부에 닿는 한기를 잊고 끝없는 해방감에 잠겼다. 달은 태양보다 맑게 빛났다. 이끼 낀 땅에서 나무들이 여기저기 솟아나 나무 사이로 새어 나온 달빛이 빛의 기둥을 몇 개씩이나 세우고 있었다. 호시노는 바닥으로부터 올라오는 오로라를 가르며 들어섰다.

째깍째깍, 머리 위에서 소리가 났다. 올려다보니, 보름달이 바늘 없는 시계가 되어 시간을 쪼개고 있었다. 그 리듬에 맞추어 몸 안의 꽃 톱니바퀴들이 회전하는 것을 느꼈다.

달빛을 받으며 산처럼 자란 것은 고릴라버섯이었다. 야광성인 듯 몸 전체가 흐릿한 초록으로 빛나고 있었다. 고릴라는 자고 있었다. 빛을 받으려고 날개미 같은 벌레가 무수히 몰려왔다.

바나나코끼리처럼 이 녀석들도 맛있을지 뜯어서 먹어 보고 싶은 욕구가 솟았지만, 독버섯이면 곤란하므로 참았다. 하지만 분명히 빵 같은 식감일 듯했다.

속삭이는 소리가 들려왔다. 여럿이서 귓속말을 하고 있었다. 호시노는 소리가 들려오는 방향으로 다가갔다.

아, 오고 있어.

날아서 불에 타버리는 여름벌레란 이 녀석이지.

저건 벌써 실패라고.

실패 외엔 다른 것일 수 없지.

식물전환은 말하자면 안락사. 끝나고 나서야 다들 깨달으니 때는 늦은 거지.

하지만 당사자도 연구자도 진심이야. 그러니까 음모는 아니라고.

진짜 음모는, 작정도 목적도 없는 법이야.

호시노는 쭈그려 앉아 눈앞의 땅바닥에 빼곡하게 들어찬 식물들을 보았다. 두꺼운 입술 모양을 한 진초록 다육 식물이 이야기를 하고 있었다. 호시노를 놀려 바보를 만들 생각으로 여여여, 이쪽 볼래? 똥 싸는 자세네, 웃겼어! 하며 떠들어 댄다.

흥, 아직 어린애잖아, 호시노는 생각했다.

"너희들 실패한 애들이구나."

호시노도 멸시를 돌려주듯이 말했다.

"너희도 실패한 팀이냐고 묻는 거잖아, 나한테 말하는 거니?"

"건방지네, 수적으로 열세면서! 덤벼!"

소란스럽게 떠드는 소리가 파도처럼 쏴쏴 용솟음쳤다.

"시끄럽잖아!"

호시노는 소리치며 입술 모양 다육 식물들을 손으로 뜯어 호쾌하게 입에 넣고 우적우적 씹는다.

소고기 육포처럼 기름기 도는 게 의외로 맛있었다. 다육식물이란 고기를 많이 품은 식물이라는 뜻인가, 문득 생각하다가 그럴 리 없잖아 하고 부정했다.

다육이들의 저항은 엄청났다. 씹히기 전에 뿌리를 입속에 꽂더니 새로운 뿌리를 내려 호시노의 피부를 찢어 먹고 얼굴과 머리에서 분출되었다. 호시노의 머리는 금세 두터운 잎으로 뒤덮였다.

"봐라, 너도 실패 팀이다."

초록 입술이 게걸스런 목소리로 웃었다.

호시노는 얼굴과 머리를 긁으면서 물이 담긴 항아리를 보았다. 달빛이 비친 항아리에는 다육식물이 전면을 덮은 말미잘 같은 호시노의 머리가 비쳤다.

초록 입술의 비웃음소리를 들으며 호시노는 '바보 자식' 하고 싱글거렸다. 이렇게 아름다운 모습이라니 바라던 바다. 나를 식물에 더욱 가깝게 해 줘.

호시노가 지날 때마다 나무와 풀이 수런거렸다. 다육식물의 머리를 가진 인간이 두 다리로 걸어 다니는 것이다. 식물들의 주목을 받고 두려운 존재가 되었다고 생각하니 호시노는 몸안에서 파도치는 쾌감을 느꼈다. 호시노는 속으로 연인에게 미안, 식물이 되어도 마초는 낫지 않는 모양이야, 하고 사과했다.

피곤해진 호시노는 달빛이 모여 풀장처럼 보이는 잔디에 앉아 가슴을 열고 고사리태엽의 중심에 손가락을 찔러 넣고, 잠그는 방향으로 돌렸다. 곧바로 신선한 활력이 넘친다. 보름달도 한층 빛나고 째깍째깍째깍, 존재하지 않는 초침 소리도 들렸다.

호시노의 얼굴을 덮은 다육이들이 째깍째깍째깍 하고 야유하듯이 보름달 시계를 흉내 냈다. 한 사람이 말하면, 일제히 따라서 합창을 해 대니 성가셨다.

달빛이 사라져 곧 비가 오려나 하고 하늘을 보니 독수리처럼 거대한 나방이 몇 마리나 날고 있다. 거대한 몸에 맞지 않는 민첩한 날갯짓으로 벌새처럼 멈췄다 날기를 반복하면서 하늘타리꽃에 모여들었다.

박각시나방이다. 공중에서 정지 비행하며 하늘타리의 하얀 레이스 같은 꽃 속에 긴 대롱을 박고 꿀을 빤다. 나방의 가루가 흩날려 호시노는 숨이 막혔다. 박각시나방을 불러들이기 위해 하늘타리도 농밀한 향기를 뿜어대니 숨쉬기가 더욱 괴로웠다.

몽롱한 가운데, 달빛 시계가 시간을 쪼개는 소리와는 다른 째깍째깍 소리가 들렸다. 이번에는 무슨 시계지, 하고 주변을 둘러보며 찾았다. 호시노의 팔에 감긴 넝쿨이 그 리듬으로 진동했다. 하늘타리의 넝쿨이었다. 무엇에든 감기는 넝쿨들이 코일 상태로 웅크리고는 째깍째깍 소리를 내며 태엽을 풀고 있다.

또 다른 리듬의 째깍째깍 소리가 들려온다. 귀를 쫑긋하며 들어보니, 셀 수 없을 만큼 다른 시계 소리가 얽히고설켜 들려온다. 소리들이 서로 복잡하게 맞물려 연동하는 듯하다. 수국, 박꽃, 스위트피에 완두콩, 수세미에 여주, 뱀딸기에 넝쿨장미, 담쟁이에 머루, 풍선초에 네펜데스.

여러 가지 넝쿨 줄기나 수염이 느긋하게 얽히고 퍼지면서 째깍째깍 소리를 낸다.

호시노의 몸안에 있는 꽃 톱니바퀴가 거기에 반응한다. 수레국화*의 톱니도 반응한다. 수레국화의 톱니, 일일초의 톱니, 시계꽃의 톱니, 안개꽃의 톱니, 패랭이꽃의 톱니. 여러 꽃의 톱니들이 자신의 리듬으로

---

* 일본어로 '하구루마소齒車草', 톱니바퀴꽃이라는 뜻이다.

돌아가자 호시노는 숨쉬기가 어려워졌다. 어느 리듬에 맞춰야 좋을지 알지 못한 채, 가슴의 태엽이 방황하는 듯했다.

호시노의 가슴은 소란스러웠다. 동경도 향수도 애처로움도 덜어낸 감정이 호시노의 가슴속에서 사방팔방으로 자라났다.

달빛에 비추어, 자신의 그림자가 땅에 드리운다. 파 뿌리처럼 뾰족뾰족한 머리가 사방으로 흔들린다. 다육식물이 번성한 머리를 버틸 수가 없다. 숨이 멎어 간다.

호시노는 긁듯이 가슴의 피부를 열었다.

태엽이 느슨했다. 이제 나사를 돌려야 한다. 태엽 중앙에 검지를 넣어 조이는 방향으로 돌리려는데 태엽이 끊어져 버렸다. 어쩔 수 없이 태엽을 버리고, 스페어로 바꾸었다. 단단하게 감은 새로운 태엽이 작동하기 시작했다. 호시노는 활력을 되찾았다.

그런데 이 속도로 교환하다가는 한 계절은커녕 일주일도 견디지 못하는 게 아닌가 불안해졌다. 자신의 심장이 키운 그 하얀 호시노 풀은 지금 어찌 되었을까? 혹시 그게 나의 본체가 아닐까? 나는 식물화된 다음에 남은, 불필요한 부분이지 않을까?

가슴의 고동 소리가 높아지는 대신 공기 중에 가득한 째깍째깍 소리가 넘치며 삐걱거리듯 날카로운 소리를 낸다. 호시노의 꽃 톱니바퀴는 미쳐 돌아갔고, 호시노는 쓰러질 것 같았다.

서둘러 가슴을 열자, 움직이던 태엽이 튕겨져 나왔다. 소용돌이가 풀리며 길어진 줄기가 가슴 밖으로 나왔다. 가슴 속에 보관하던 모든 태엽은 이미 호시노의 내부 기관과 일체가 되어 자라고 있었다. 줄기가 자라 작은 잎을 펼치고, 그 꼭지에서 갈라지는 형태로 새로운 싹이 나타나 째깍째깍 꽃 톱니바퀴를 움직인다. 꽃 톱니바퀴도 마른 것은 떨어지고 새로운 봉오리가 나오느라 바쁘다. 그때마다 호시노의 가슴에 동경과도 향수와도 애달픔과도 슬픔과도 다른 감정이 솟아올랐다. 가슴 내부는 고사리태엽과 꽃 톱니바퀴가 뒤섞여 자라며 호시노의 가슴 덮개를 망가뜨리고 밖으로 넘쳐흘렀다.

감정에 이유는 없었다. 이유가 있다면, 봄이다. 그것 말고는 없다. 눈이 터서 튀어나오려는 고사리태엽의 힘에 자신은 이끌려 버린 것이다. 자신뿐만 아니라, 입술 모양 다육이도 바나나코끼리도 고릴라버섯도 두더지감자도 고슴도치선인장도. 이 식물관의 모든 풀과 나무는 고사리태엽의 생명에 붙들려 자라고 있는 것이다.

몸속 기관이 고사리태엽의 일부가 되어 호시노를 먹어 버리고, 자신이 거의 식물의 집합 주택처럼 변해 가는 것을 손쓸 틈도 없이 지켜보면서 이미 거의 남아 있지 않은 인간의 뇌로 자신은 그저 양분에 지나지 않았음을 이해했다. 고사리태엽이 나를 꽃꽂이한 거구나, 어렴풋이 의식하며 '이게 행복이라는 건가?' 숨을 내쉬며 뱉은 혼잣말이 호시노 최후의 언어였다.

달빛으로 가득 찬 정원은 코발트블루의 물속에 가라앉은 듯했다. 정원 깊숙한 곳에 고사리태엽이 얽혀 탄생한 호시노 풀이 조용히 서 있었다.

# 식물전환수술을 받기로 한
# 전 여자 친구를 설득하는 편지

사키코가 좋아하는 코스모스가 아름다운 계절이 왔습니다. 잘 지냅니까?

나는 코스모스를 허심탄회하게 감상할 수 없습니다. 며칠 전에도 우리의 추억, 식물의 전당 '가라시야' 코스모스원을 방문했는데, '이 꽃 중 하나가, 이 나무 중 한그루가 사키코라면' 하는 상상을 어쩔 수 없이 하게 되고, 그러면 이미 사키코를 잃어버린 기분이 듭니다. 헤어졌으면서 이런 말 하는 건 우습지만요.

'잃었다'고 말하면, 인식법이 틀렸다고 사키코는 말하겠지요. 어디까지나 식물로서 살아 있는 것이지, 죽거나 행방불명이 되거나 한 게 아니니까, 하고요.

하지만 풀이 말을 합니까? 글을 씁니까? 수어를 할 수 있습니까? 못하지요. 어떤 방법으로도 식물이 된 사키코와는 의사소통을 할 수 없습니다. 이래서는 잃은 것이나 다름없지요.

식물이 되려는 이유가 '장수하고 싶어서'라는 말은 납득할 수 없습니다. 장수는 할지 모르겠지만, 풀이 되면 뇌도 없어져 버리잖아요. 눈도 보이지 않고 귀도 들리지 않고 괴롭거나 아프거나 기분이 좋거나하는 일도 없고, 좋아하는 양파김치도 먹지 못하고, 장수한다는 실감도 못한 채, 그저 거기에 이백 년이든 얼마든 있을 뿐. 이것을 장수라고부를 수 있을까요?

사키코의 기분은 압니다. 사키코는 돈 많은 생태주의자니까요. 함께 살 때, 내가 낫토에 든 소스 봉지를 타는 쓰레기 쪽에 버리면, '이건플라스틱 쓰레기라고 몇 번이나 말해야 아는 거야?' 하고 자주 야단을쳤죠. 목욕하고 남은 물은 세탁뿐 아니라 양동이에 담아 화장실 물 내릴 때 써야 한다고 화를 냈어요.

그런 사키코이니, 온난화 시대에 초록을 늘려야 한다고 생각한 나머지 자기가 식물이 되겠다고 한 결심은 이해할 수 있습니다. 언제나분개했었죠. 저출생이라든가 말은 해도 지구 규모로 보면 인간은 폭발적으로 증가하고 있고, 그만큼 다른 동물이나 물고기나 식물이 줄고있다, 그러니 아이를 낳지 않는 게 국제적인 공헌이다, 어차피 낳아야한다면 너도밤나무나 떡갈나무를 낳고 싶다 아니, 낳는 대신 자신이그것이 되어 버릴 거라고 했죠.

하지만 식물전환수술을 받으려고 하는 '인류 녹화 글로벌 플랜'이라는 단체는 사키코 같은 사람의 순수함을 정말로 진지하게 받아들이는 걸까요? 나도 식물전환수술 팸플릿을 보았습니다. 지금 시점에서 온난화가 치명적일 수 있는 2050년까지 세계 각지에서 십억 명을 녹화한다고 되어 있었어요. 그래서 수술 비용은 '전 재산.' 가난한 사람은 물론, 부자인 사람도 자산을 몽땅 내야 해요. 모은 돈은 녹지를 사는 데 쓴다고 해요. 수술로 녹화된 사람도 거기에 심습니다.

신경이 쓰이는 부분은 역시 수술입니다. 적성 검사를 한 뒤에 어느 식물로 다시 태어날지를 결정하면 혼수상태에서 몸에 나무를 접붙이죠. 유전자를 조작해서 사람의 세포와 대단히 닮은 DNA를 가진 식물을 개발했기 때문에 인간과 접붙이기할 수 있다고 쓰여 있지만, 이거야말로 사람의 몸을 양분으로 나무가 자랄 뿐, 땅에 심어 번식시키는 것과 다름없다는 기분이 듭니다. 사키코가 너도밤나무나 떡갈나무가 될 수 있는 게 아니라는 생각이…. 게다가 약관에 아주 작은 글자로 '성공하지 못할 확률도 낮지 않습니다.'라고 쓰여 있는 거, 알고 있나요?

일흔 살이 되어 식물전환수술을 받아도 늦지는 않다고 생각합니다. 그때는 더 확실한 식물전환 기술이 확립되어 있을 테지요. 그렇게 되면 함께 너도밤나무가 됩시다!

이 편지를 읽고 수술을 받기 전에 오랜만에 나를 만나도 좋다고 생각된다면 연락 주세요. 답장을 기다리겠습니다.

# 인형초

우리들은 젊었다. 5월의 새싹처럼 젊었다. '어린 물고기처럼 젊었다'고 말해야 할지도 모른다. 그래도 '새싹처럼'이라고 말하고 싶다. 왜냐하면 그것은 비유가 아니었기 때문이다.

우리들은 눈부신 초록빛 새싹처럼 젊었다. 그래서 어딜 가나 '신선하네!' 하는 상찬을 들었다. 우리의 피부는 부드럽고 윤기가 흘렀으며 솜털은 복숭아 표면처럼 햇살에 빛났다. 몸은 탄력이 넘쳤고 에너지 가득했다.

그 젊음 덕분에 우리는 '네오 가드너'로 뽑혔고, 그 젊음 때문에 기코는 미즈토와 결혼하려 했던 것이다.

물론 기코는 미즈토에게 자신이 네오 가드너라는 사실을 밝히지 않았다. 네오 가드너는 신분을 발설해서는 안 되어서 우리끼리도 가끔

팀을 구성하는 몇 명밖에 알지 못한다.

하이퍼 식물들의 음모를 폭로하여 제압하는 특수 공작원 '네오 가드너'는 식물의 혼에 감응할 수 있는 신세대 가운데서 극비리에 선발되었다.

기코는 아주 우수한 네오 가드너였다. 식물들의 반란을 아직 실감하지 못했을 무렵, 기코는 '어여쁜개양귀비'의 음모를 알아채고 녀석들을 근절시켰다.

그 음모는 식량 위기를 타개하려고 한창 새로운 식용 식물을 개발하는 중에 꾸며졌다. 원산지를 알 수 없이 몇 년간 국내에 퍼진 외래종 '어여쁜개양귀비'는 뿌리에서 분비하는 염분으로 주변 식물을 죽여 밭에 커다란 피해를 주며 식량 부족 상황을 악화시켰다.

발상을 전환한 어느 농업 기사가 해악을 끼치는 '어여쁜개양귀비'를 먹어 치우면 되겠다는 생각이 들어 성분을 조사한 뒤 시식해 봤더니, 영양도 풍부하고 대단히 맛있는 게 아닌가! 이렇게 저렇게 요리를 해보니, 그 맛이 일품이었다.

'어여쁜개양귀비' 절임은 눈 깜짝할 사이에 사람들 밥상으로 퍼졌다. 왜냐하면 '어여쁜개양귀비'에게는 의존성이 있는 미지의 독이 포함되어 있었기 때문이다. 한번 먹어 보면 그 맛과 향에 반해 은근히 기분이 차분해지는데, 한동안 먹지 않으면 어렴풋이 불안감이 밀려오고 이윽고 안절부절못하게 되는 것이다. 금단 현상이 깊어지면, 중독자는 사람이 꽃으로 보이는 환각에 빠져 그 꽃을 꺾고 싶은 충동에 휩싸이고, 살상 사건을 일으킨다.

'어여쁜개양귀비'를 식용으로 삼은 농업 기사가 지탄을 받는 가운데, 기코는 '어여쁜개양귀비'가 사람의 수를 줄일 목적으로 무차별 공격을 계획했다고 갈파했다. 식물들이 인류 문명을 파괴하려 한다고 호소했다. 그 호소는 반신반의여서 제대로 된 협력을 얻지 못했지만, 기코는 '어여쁜개양귀비'의 씨를 먹는 개미를 혼자 힘으로 발견했다. 그 개미가 내뿜는 산이 '어여쁜개양귀비'의 독을 해독한다고 예상하여, 스스로 '어여쁜개양귀비' 중독자가 되었고 망상으로 고통받으면서까지 개미산의 효과를 확인하는 모습은 오싹할 정도였다고 한다.

번식시킨 그 개미들을 '어여쁜개양귀비'가 피어 흐드러지는 전국 각지 들판과 밭에 보내는 일이 우리 팀의 임무였다. 기코가 리더, 나와 가게키요가 팀원으로 우리 셋은 처음 만났고, 우연이지만 같은 나이대여서 단단한 마음의 끈으로 묶였다. 그리하여 네오 가드너라는 신분을 감춘 채 기코의 결혼식에 초대되었던 것이다.

비밀 직업이니만큼 보통 친구처럼 대놓고 몰려다닐 수는 없었고, 팀을 이루었을 때만 말을 섞었다. 그러니까 청첩장을 받기까지 기코가 결혼한다는 사실은 물론 연인이 있는 줄도 몰랐다.

봉투를 열고, 짙은 녹색의 커다란 알로카시아 잎에 흰 글자로 적힌 내용을 읽었을 때 내 가슴은 술렁거렸다. 만약 기코가 초대받는 쪽이었다면 그 불온함의 정체를 금방 간파했을 것이다. 하지만 아직 네오 가드너로서의 경험이 일천했던 나는 기코 같이 유능한 사람이 벌써 결

혼한다는 데 놀랐고, 그녀와 동갑인데도 나는 결혼에 대한 어떤 현실
감도 없으니 불안한 거라고 미지근한 분석을 했다.

가게키요 역시 나처럼 불온함을 느꼈다는 걸 예식장 초대객 대기실
에서 나왔을 때 표정을 보아 알 수 있었다. 우리 둘은 동요되지 않는 얼
굴로, 다른 초대객들로부터 떨어져 있었다. 아니, 가라앉아 있었다.

이 석연찮은 기분의 근원을 가게키요는 간결하게 말했다.

"네오 가드너가 '꽃'신부가 된다고?"

나는 소리를 입 밖으로 내지 않고 '앗' 하는 모양으로 입을 크게 벌
렸다가 중얼거렸다.

"그 이파리….'

그렇다. 나는 청첩장의 이파리를 보자마자 위화감이 들었다. 식물
의 음모에 누구보다도 민감한 기코가 우리들에게 잎을 보내다니, 있을
수 없는 일이다.

나와 가게키요는 서로 마주보았다. 네오 가드너로서 두 사람의 생
각은 같았다. 어쩌면 우리는 무방비하게 적의 향연에 참가해 버렸는지
도 모른다. 여기에서 환담을 나누는 손님들은 모두 식물에게 조종당하
는 일당들일지도 모른다. 이 결혼식은 덫일지도 모른다.

온몸을 긴장시킨 나는 왼손을 가만히 슈트 주머니에 찔러 넣고, 늘
휴대하는 네오 가드너의 무기인 정원 가위를 쥐었다. 예식장 여기저기
를 장식한 꽃이 아무래도 눈에 거슬렸다. 녹색과 흰색의 다양한 풀과
꽃이 열십자로 짜여 있었다.

대기실 입구가 소란스러웠다. 하얀 레이스 드레스에 둘러싸인 기코가 하얀 턱시도를 입은 미즈토와 나란히 웃고 있었다. 레이스의 섬세한 실 하나하나가 반짝였다. 이 세상 것 같지 않은 기코의 아름다움에 조금 멍해졌지만, 거미줄에 둘러싸인 포획물 같다고 가게키요가 중얼거리는 소리를 듣자 제정신으로 돌아왔다.

두 사람은 친구라고 말을 섞으면서 우리에게 다가왔다. 처음 보는 미즈토는 날씬한 몸에 장발이었고 눈도 입도 코도 작았다. 아직 다 자라지 않은 인상이었는데 한마디로 비린내 나는 느낌의 그늘지지 않은 청년이었다.

그보다도 나와 가게키요의 눈에는 기코의 마디마디를 장식한 흰색과 녹색의 꽃에 꽂혔다.

머리는 꽃송이처럼 복잡한 모양으로 올렸고, 진짜 꽃이 옆을 둘러싸고 있다. 가슴과 손목에도 꽃이 있고, 레이스의 하얀 장갑을 낀 손은 하얀 다알리아 부케를 들었는데, 마치 다알리아가 손끝인 것 같았다.

기코가 우리들 앞에 섰다. 우리는 부케에서 기코의 얼굴 쪽으로 시선을 옮겼다. 시선에 머무는 의심을 기코도 눈치챘을 것이다.

"괜찮아."

기코는 웃으며 미즈토가 손에 들고 있던 하얀 강황 꽃다발을 들더니 깜짝할 새 다알리아와 열십자로 묶어 내게 내밀었다.

"봐, 사쿠얏코. 열십자로 붙여 두었어."

그 십자가를 받지 않고 있자니, 기코는 내 귀에 입을 가져다 대고 속삭이며 윙크했다.

"사실 오늘은 애도의 의식을 치르는 거야."

기코는 식물들에게 덫을 놓았다고 말하고 싶은 걸까? 이것은 네오 가드너의 일이라는 의미일까? 그래서 우리도 불렀다는 것일까? 여기서 상대해야 할 적은 누구일까?

우리들이 받아들지 않은 꽃의 십자가를 다른 친구들에게 건네주고, 기코는 미즈토의 손을 끌고 대기실을 나갔다. 예식이 시작되었다.

기코는 덫을 놓은 것인가, 아니면 덫에 걸린 것인가?

나는 답을 찾지 못하고 마실 것에도 식사에도 손을 대지 못했다. 가게키요도 고개만 숙이고 있고, 우리는 같은 테이블의 세 여자로부터 명백하게 빈축을 사고 있었다.

"혀를 이식한 지 얼마 되지 않아서 아직 뭘 먹지 못해요."

어쩔 수 없이 적당히 둘러댔다.

기코는 계속 공격 수단을 만들어 내는 것처럼 보였다. 케이크 커팅 때는 무려 생크림에 화이트 초코 꽃잎을 장식한 대형 흰색 수국이 등장했다. 기코는 수국 케이크를 멋지게 잘라 조각내어 보였다. 커팅이 끝났을 때 기코는 우리 쪽으로 눈을 돌렸을 정도다. 하지만 나에게는 수국이 들어간 케이크를 먹이려는 것 자체가 수국에게 조종당하고 있는 것처럼 보였다.

녹색 비늘이 온통 피부를 덮은 듯 몸에 꽉 끼는 드레스로 갈아입은 기코는 테이블을 돌며 캔들 서비스 대신에 몸 여기저기에서 하얀 카라 꽃을 꺼내며 손님들에게 나누어 주었다. 기코의 원래 직업은 마법사였다.

우리 테이블에 온 기코는 카라 두 송이를 재빨리 십자로 묶어 다시 나에게 내밀었다. 나는 사양하고, 다른 세 사람에게 건네도록 권했다. 이렇게까지 끈질기게 꽃 십자가를 건네려는 까닭은 어떤 저주에 걸렸기 때문이라고밖에 볼 수 없었다. 세 사람 중 한 사람이 그것을 받아들자, 미즈토는 박수를 치며 외쳤다.

"받았네? 다음은 구미 씨가 신부가 되는 거야!"

"상대도 없는데 말이야."

"내가 받을 걸 그랬네."

친구 두 사람은 심술궂은 축복을 했고, 예식장 안은 부러움에 넘친 박수갈채로 가득했다.

나는 차가운 시선으로 기코를 보았다. 기코는 이쪽을 쳐다보지 않은 채, '구미'에게 미소 지으며 박수를 쳤다. 로즈핑크로 완벽하게 칠한 입술 사이로 보이는 이가 순간 나에게는 수국의 하얀 꽃받침처럼 보였다.

가만히 미즈토를 응시하던 가게키요는 두 사람이 다음 테이블로 사라지자 조그맣게 귓속말을 했다.

"미즈토는 풀이야."

나는 미즈토의 뒷모습을 보았다. 물론 그가 식물이라는 증거 따위, 그렇게 쉽게 눈에 띄지 않는다.

"어떻게 알았어?"

나는 속삭이듯 물었다.

"머리카락이 군데군데 넝쿨이었어."

가게키요는 우선 풀 냄새가 났다고 했다. 그리고 시선을 집중하여 관찰하는 동안 긴 머리카락 한 가닥이 넝쿨손이 되어 피어스에 들러붙은 것을 발견했다고 한다.

"그러니까 미즈토는 콩과라는 거?"

가게키요는 미간을 찌푸리며 고개를 끄덕였다.

아아, 무슨 일이란 말인가? 콩과의 인형초. 지난주까지 우리 팀은 이 녀석들을 정벌할 방법을 찾고 있었다.

인형초는 자신의 넝쿨을 채찍처럼 움직일 수 있었다. 잎을 펼친 모습이 액막이 인형을 닮아 붙여진 이름이며, 미모사 같은 풀이라고 해서 재미있어하는 사람이 많았고 식물의 전당 '가라시야'에서 석 달 연속 베스트셀러 식물 리스트에 올랐지만, 보급되자마자 인간을 공격하기 시작했다.

넝쿨로 때리거나 온몸을 꽁꽁 감아 자유를 뺏거나, 목을 조여 피해가 막대했다. 덕분에 그때까지 일반에게 좀처럼 받아들여지지 않던 식물 음모설이 조금씩 받아들여지게 되었다.

우리는 우주복 같은 완전 무장 차림으로 인형초를 공격해 뿌리까지 뽑아냈다. 인형초는 잭의 콩나무가 아닐까 싶을 만큼 번식력이 강했고, 한때는 뽑아내는 기세보다 번식하는 기세가 더 사나웠다. 다행히 일본의 인형초는 그저 가느다란 넝쿨을 감는 정도였지만, 영국에서는 스스로 뿌리를 끌어올리고 땅속에서 빠져나와 걸어 다니는 인형초가 만연해 일반인은 물론 네오 가드너까지도 목숨을 잃었다. 한국에서는 넝쿨 끝에 환각 작용이 있는 독을 가진 종도 발견되었다.

임시 조수를 대거 고용하는 인해전술로 이윽고 사람이 제어할 수 있는 정도까지 개체수를 줄였던 게 지난주 일이다. 한 달 이상 인형초를 베던 우리는 휴가를 받았다. 기코는 결혼식을 연기하지 않고 마쳤다.

그럼에도 불구하고 가게키요의 판단이 맞다면, 지금 여기서 사람의 모습을 한 콩과 신부가 꽃을 나누어주며 걷고 있다. 이것은 무슨 의미인가?

나와 가게키요는 입을 다물고, 카라 꽃을 나누어주는 신랑 신부의 등을 응시했다. 그리고 동시에 무언가를 발견하고는 전율했다. 아마 네오 가드너의 시력을 가졌기 때문에 보였을 것이다.

기코와 미즈토는 한 가닥의 머리카락으로 이어져 있었다.

기코와 미즈토는 하나의 인형초로부터 갈라진, 두 그루였다.

두 그루가 기쿠와 미즈토의 몸을 양분 삼아 자라고 있었다.

아마도 우리가 인형초 섬멸 작전을 펼치리라는 걸 인형초들은 미리 알고 준비했을 것이다. 우리가 인형초 무리에 잠입하는 동안, 그들은 그때까지 감추고 있던 본성을 발휘하여 머리카락처럼 가느다란 지하 줄기나 넝쿨을 인체에 꽂았던 것이다. 그리하여 기코는 인형초가 되었고 미즈토는 기코로부터 자라난 넝쿨에 걸려 인형초가 되었다. 분명히 그랬을 것이다. 기코조차도 이 음모를 피해갈 수 없었을까?

"저건 기코지만, 이미 기코가 아니야."

가게키요가 비통한 목소리로 속삭였다.

"아니야."

나는 부정했다.

"기코가 아니더라도, 기코겠지."

주머니 속의 정원 가위를 꼭 쥐는 가게키요의 손을, 나는 주머니 위에서 꾹 눌렀다. 가게키요의 충동을 누른 것은 다름이 아니라, 우리도 이미 인형초가 아니라고 말할 수 없기 때문이었다. 스스로는 모른다. 그러므로 기코 역시 자신이 당했다는 사실을 모를 수도 있지 않은가?

정신을 차리고 보니 현실은 그 모습을 봉합하려고도 하지 않고, 있는 그대로를 드러냈다. 우리들 이외의 손님들은 모두 카라가 되어 둥근 테이블에서 환담을 나누고 있었다. 동석한 세 사람 중 미즈토로부터 '다음에 결혼할 순서'를 선고받은 구미만은 유카리스 꽃이 되어 달콤한 향기를 내뿜고 있었다. 걸어 다니는 종의 인형초들이 서빙을 했다. 스테이크 접시가 나왔을 때 가게키요는 '인육 아니야?' 하고 내뱉듯이 말하며 먹었다.

나는 각오를 다졌다. 아무리 발버둥쳐도 풀들의 이 아성을 무너뜨릴 수 없다. 왜냐하면 초일류 네오 가드너였던 기코가 스스로도 깨닫지 못하는 사이 사람을 사냥하는 쪽으로 돌아섰기 때문이다.

마음을 그렇게 먹자 배가 고팠다. 우리는 요리를 먹고 와인을 마셨다. 가게키요가 이렇게 지껄였다.

"나는 아직은 괜찮은 것 같아. 인형초의 줄기에 쏘이지 않았다고 생각해."

"거기 뻗은 털은 뭐지? 잠버릇이 안 좋은 건가? 아니면 넝쿨?"

내가 지적하자 가게키요는 안색이 바뀌더니 화장실로 달려갔다.

기코와 미즈토가 초대 식물들의 여흥에 울고 웃는 동안 연회는 드디어 절정에 이르렀다. 양가 대표의 인사는 없었다. 두 사람 모두 부모 형제 없이 1인 가구이기 때문이다. 식물의 세계에 ○○ 씨 가문 같은 건 있을 수 없다.

인사를 하기 위해 마이크를 잡은 기코가 미즈토와 함께 우리 테이블 쪽으로 걸어왔다. 가게키요는 아직 화장실에서 돌아오지 않았다. 숨었을까, 설마 내뺐을까?

기코 부부와 모든 초대 식물들이 자리에서 일어나 우리 테이블을 둘러쌌다. 때가 왔다고, 나는 조용히 기코를 올려다보았다.

"아까 추도식이라고 했는데….."

나는 기코의 말허리를 자르고 물었다.

"나를 애도하려는 거지?"

"아니야. 우리는 이제 완전히 인간을 그만둘 거니까, 이별도 겸한다는 의미였어."

"인간을 그만둔다. 자신의 의지로? 기코, 네가 무슨 짓을 하고 있는지 알아? 조종당하고 있는 거, 모르겠어?"

"알아. 하지만 인간으로 있어도 자유 의지 따위 환상이고, 뭔가에 조종당하는 건 마찬가지니까. 그런 것보다 나는 이제 그냥 그곳에 자라는 풀이니까 줄기로 이어져 있는 커다란 풀의 일부야."

기코는 예식장 전체를 둘러싼 사람들로 이어진, 머리카락만큼 가늘고 튼튼한 넝쿨을 들어 보였다.

나는 고개를 흔들며 말했다.

"어째서 반란 식물 진압의 선두에 섰던 기코가 이렇게 식물들에 편승해서 희희낙락할 수 있는지, 나는 이해할 수 없네."

"최전선에서 식물들과 싸우고 있자니 왜 반란을 일으키는지 알겠더라고."

"왜인데?"

"나 같은 인간을 늘리기 위해서."

"인간을 멸망시키기 위한 거겠지."

나는 한숨을 쉬었다.

"아니야. 인간이 더 살아남기 위해. 너도 풀이 돼 보면 알 수 있어."

각오는 했지만, 나는 그 말에 몸을 떨었다. 그 순간 기코의 뒤에서 정원 가위를 든 가게키요가 뛰어들었다. 주변의 풀들이 비명을 질렀다. 기코와 미즈토를 연결하던 머리카락 넝쿨이 두 개로 잘려 늘어졌다.

기코는 슬픈 듯이 웃으며 중얼거렸다.

"그런 거 안 해도, 이별만 하면, 무사히, 사람 세계로 돌려보낼 생각이었는데."

"이런 건, 언제든 금방 이어져."

기코의 인간이었던 부분은 공기에 녹아 버렸다. 깊은 초록으로 빛나는 비늘 같은 드레스만 남긴 채, 줄기 다발 같은 모습의 미즈토에게 다가섰다.

나와 가게키요는 초록색 향기가 짙은 초원에 서 있었다. 완전히 식물이 된 기코와 미즈토가 뿜어내는 행복이 색과 향이 되어 감돌았다.

"사실은, 나, 기코가 부러운 지도 모르겠어."

가게키요의 말에 나도 수긍했다.

"풀이 되는 편이 행복할지도."

이번에는 가게키요가 끄덕이더니, 금방 고개를 저었다.

"하지만 우리는 인간이고 네오 가드너니까, 사명을 다해야지."

"그렇지."

"난 아직 인간으로 살고 싶어."

"나도. 아직 인간인 것도 나쁘지 않지?"

"그렇게 몹쓸 건 아니라고 생각해."

두 개의 새싹이 된 기코와 미즈토가 웃는 것처럼 바람에 흔들렸다.

우리들은 아직 젊었다.

# 시조 독말풀

이번에는 독말풀이 봉기를 꾀하고 있다는 정보를 들은 네오 가드너 마미야, 모리모토, 가게키요 셋은 '헌팅 카', 그러니까 경트럭을 타고 이바라키현의 현장으로 향했다. 그 밭의 독말풀들은 인간에게는 들리지 않는 주파수의 소리를 내어, 전국의 독말풀과 천사의나팔에게 '떨쳐 일어나라'고 선동한다는 것이다.

일주일 전에는 협죽도의 무력 투쟁을 진압했고, 사흘 전에는 웅동자와 우주목의 다육 연합이 저지른 '동시 다육 테러'를 방어하느라 네오 가드너들은 피로에 지쳤다. 다육 연합을 무너뜨린 뒤에 모리모토가 이제 흰독말풀이든 뭐든 덤비라고 큰소리를 친 것도 정말 흰독말풀이 등장했다면 이미 식물 혁명은 막을 수 없다는 자포자기 때문이었다.

진화한 하이퍼 독말풀은 그만큼 어려운 상대여서 식물을 재빨리 제압하는 특수 기능을 습득한 네오 가드너들조차도 틈을 보이면 당하고 만다.

녀석들은 우선 눈을 공격한다. 그 화려한 몸과 팔다리로 인간의 심장을 설레게 한다. 평상심이 흐트러져 독말풀의 모습에 매력을 느끼면, 더 이상 멈출 길이 없다. 비틀비틀 다가가게 되고, 짙고 달콤한 향기와 함께 꽃가루를 마시게 된다. 꽃가루가 코의 점막에 붙으면, 독말풀의 나팔 모양 꽃에서 소리가 들리기 시작한다. 그 소리는 음악이나 시 낭송 등으로 사람에 따라 다양하게 들린다. 소리가 절정에 이르면 사람은 극도의 행복을 느끼며 죽는다.

그러므로 일단은 독말풀 꽃을 보지 말아야 한다. 그래서 네오 가드너들은 눈도 코도 입도 덮는 방독면을 준비했다. 기습을 하기 위해 해가 뜨는 순간을 노렸다. 해가 뜨기 전에 독말풀은 산소를 마시고 이산화탄소를 내뿜기 때문에 인기척을 알아채지 못하게 숨어 들어가기 쉽기 때문이다.

경트럭이 도착했을 때 해는 당장이라도 떠오를 것 같았다. 독말풀들은 한창 꽃잎을 여는 중이었다. 재빨리 방독면을 쓰고, 조용히 차에서 내려 어느 것이 반란을 꾀하는 하이퍼 독말풀 무리인지 순식간에 판별한다. 이게 네오 가드너의 능력이다.

향기를 맡지 않도록 낮은 포복 자세로 두목 독말풀들 곁으로 재빨리 기어가서 뿌리째 뽑기 시작한다. 식물은 몸의 일부가 조금이라도 남아 있으면 재생할 수 있기 때문에 뿌리째 뽑는 게 철칙이었다.

속도가 관건이었는데, 피로가 쌓인 탓에 처리 능력이 떨어졌는지도 모른다. 다 뽑기도 전에 태양이 독말풀 일당에게 빛을 퍼붓기 시작했다. 마미야는 밭 전체에서 커다란 한숨소리 같은 것이 일제히 올라오는 것을 알 수 있었다. 호흡에서 광합성으로 넘어간 것이다.

가슴이 시끄러웠다. 농밀한 독 기운이 마미야를 덮쳤다. 마미야는 얼굴을 들었다. 마미야가 캐고 있던 독말풀이 잎을 크게 펼치고 쓰러지듯 마미야에게로 늘어져 줄기와 잎을 마미야의 몸에 붙였다. 튀어야 해, 네오 가드너로서의 본능이 알렸지만, 마미야의 몸은 자신에게 안겨 늘어진 독말풀로부터 그리움의 감촉을 느꼈다. 어디였더라, 이런 기억이 있다. 이 높이, 얽혀 오는 가슴의 위치, 가슴이 미어지는 듯한 애절함—그것은 쓰루코.

자신도 모르게 마미야는 그때까지 외면해 왔던 얼굴을, 독말풀 꽃을 정면으로 보았다. 음모와도 독과도 아무 관계없는 순백의 꽃이 두 겹의 얼굴을 터트린다. 가슴속으로 달콤하고 걸쭉한 꿀이 흘러든다. 그것은 꽃이 아니라, 쓰루코의 것인 듯 보였다.

마미야는 방독면을 벗었다. 독말풀 꽃은 쓰루코였다. 언제 목숨을 잃을지 알 수 없는 극비의 존재인 네오 가드너로 임명되어 이유도 모른 채 이별하던 때의 쓰루코가 눈앞에 있었다. 그날의 연속처럼 슬픈 미소를 띤 쓰루코의 얼굴이 더 가까워졌다.

달콤한 날숨이 강해진다. 마미야는 그 향기를 깊이 마신다. 쓰루코의 입술이 뭔가를 말하고 있다. 쓰루코의 목소리를 듣고 싶어서 마미야는 눈을 감고 귀를 쫑긋 세웠다.

트럼펫 소리도 아니고 기타 소리도 아닌 중후한 소리가 울렸다. 놀라서 눈을 뜨자 두 겹의 나팔 모양을 한 흰 꽃잎에서 마미야의 가슴을 파괴하려는 듯한 소리가 울렸다. 쓰루코에게 복수를 당하는 건, 바라던 바다. 마미야는 그렇게 생각하며 독말풀을 향해 사랑을 가득 안고 천천히 쓰러졌다.

뭔가를 중얼거리는 마미야의 목소리에 철렁하여 돌아보니, 마미야가 방독면을 벗고 독말풀을 안은 채 서서히 쓰러져 가는 모습이 보였다. 모리모토는 이것도 네오 가드너의 운명이라고 생각하며 작업을 멈추지 않았다. 틈을 보여서는 안 된다. 마미야에게 기를 빼앗긴 순간, 독말풀은 꽃을 내밀었다. 모리모토는 꽃을 정면으로 보지 않으려 주의하면서 가차 없이 잘라 버렸다.

독말풀의 유혹을 철저하게 무시하면서 모리모토와 가게키요는 뿌리 뽑은 독말풀을 모두 경트럭 짐칸에 실었다. 두목 독말풀을 전부 뿌리 뽑고 나서, 마지막으로 마미야를 짐칸에 실었다. 가게키요는 운전석에 올라탔고 모리모토는 독말풀을 감시하기 위해 짐칸에 올랐다.

방독면을 쓰고 있어도 독말풀의 열기와 꽃의 향기는 강하게 느껴졌다. 공기는 뜨겁고, 의식은 몽롱해진다. 방독면을 계속 쓰고 있는 것도 고문이다. 요컨대 지금 강렬한 공격에 노출된 것이다, 언제까지 견딜 것인가 하는 의문이 시작되었다.

그때 짐칸에 누워 있던 마미야가 일어나려 몸을 움직였다. 모리모토는 몸을 긴장시켰다. 마미야는 머리를 흔들며 놀라지 마, 기절했을 뿐이야, 손 좀 빌려 줘, 하고 말하며 손을 내밀었다. 모리모토는 망설였다. 경트럭이 흔들리며 마미야는 다시 쓰러졌고, '차가운 녀석이네' 하고 모리모토를 비난했다. 모리모토는 다시 내민 마미야의 손을 붙잡아 일으켰다.

그 순간 가느다란 통증이 손바닥을 뒤덮어 모리모토는 손을 뗐다. 떼어낸 것은 마미야의 손이 아니라 독말풀의 열매였다. 마미야의 왼손은 날카로운 가시투성이의 독말풀 열매로 변했다.

뱀파이어에게 피를 빨리면 뱀파이어가 되듯이 독말풀과 체액이 섞인 마미야도 독말풀이 되어 버린 것일까?

모리모토는 직감으로 그렇게 생각했지만, 사람 좋은 마미야의 얼굴을 보고 있자니 가짜든 진짜든 마미야가 되살아나는 게 중요하다는 생각이 들었다.

아픈 손바닥에는 가시 찔린 자리에 피가 고이며 부풀어 올라 반점이 생겼다. 작업 밧줄을 풀고 있던 게 실수였다. 마미야가 모리모토의 손을 노려보더니 휴지를 내밀었다. 모리모토는 휴지를 받아 손을 닦았다. 그런데 비린내가 올라와서 잘 보니 주물러 꾸깃꾸깃해진 독말풀 잎을 상처에 문지르고 있다. 모리모토는 비명을 지르며 잎을 내던졌다.

어떻게 된 거냐고 마미야를 쳐다보니, 마미야는 한가롭게 참깨를 뿌린 우엉조림을 입속으로 우겨 넣고 있다. 그러더니 이번엔 오크라 열매를 씹기 시작했다. 모리모토에게도 하나 건넨다. 마미야는 이렇게 하는 거라면서 시범을 보이듯이 오크라를 씹으며 모리모토를 향해 맛있어, 하고 말했다. 모리모토는 침을 삼켰다. 점성이 있는 음식이라면 정신을 못 차리는 모리모토는, 오크라나 마를 독차지해서 다른 반찬도 먹으라고 야단치던 엄마의 목소리를 떠올리며 이것만은 다 먹어 버리겠다고, 방독면을 올리고 오크라를 씹었다.

마미야가 웃고 있었다. 오른손에는 씹던 오크라를, 왼손에는 독말풀 꽃을 쥐고 있다. 모리모토는 멍하니 자신이 씹던 오크라를 보았다. 오크라의 잘린 부분에는 뜯긴 채로 구겨진 꽃잎이 보인다.

독말풀에게 걸려들었다는 걸 모리모토는 알아차렸다. 나는 독말풀 봉오리를 먹었구나. 참깨 뿌린 우엉조림도 독말풀의 씨와 뿌리였구나.

모리모토는 밧줄에 묶인 것처럼 몸을 움직일 수 없었다. 독말풀의 잎과 열매가 자신의 몸을 가득 채웠다. 자신이 독말풀이 되어 화환을 장식하고 있는 것 같았다.

달콤한 향기는 너무 진해서 꿀 속에 빠진 듯 숨쉬기가 어려웠다. 눈앞은 빛이 넘쳐 헐레이션 현상이 일어나더니 아무것도 보이지 않았다.

격렬하게 드럼 치는 소리가 들렸다. 자신이 굉장히 좋아하는 드럼 소리라고 생각했다. 괴롭지만 기분이 좋았다. 그도 그럴 것이, 그 드럼은 자신의 심장이었다. 그걸 깨달았을 때 모리모토는 이미 자기 밖에 있었고, 경트럭 짐칸에 나란히 누운 두 사람의 몸을 바라보고 있었다.

나란히 누운 마미요와 모리모토의 몸을 보며 몹시 분노한 가게키요는 너희들의 죽음을 헛되게 하지 않겠다고 맹세하면서 방독면을 쓰고 근무지인 식물의 전당 '가라시야' 작업장에 정차한 경트럭 짐칸에 올랐다.

혼자서 독말풀을 다 걷어 내는 일은 위험하기도 하고 좀처럼 끝도 안 나는 작업이었다. 하지만 녀석들도 약해져 있다고 생각하며 피곤에 찌든 몸을 채찍질했다.

내려놓은 독말풀을 방독면 너머로 노려보고 나서 가게키요는 네오 가드너 최고의 무기인 정원 가위를 들고 시든 꽃을 자르기 시작했다.

계속해서 줄기와 잎을 잘랐다. 완전히 발가벗겨 모욕하고 싶었다. 혁명은 수포로 돌아갔고, 너희들은 인간의 관리 아래 있다. 그렇게 식물들에게 알려 주기 위해 우리에 넣어 가둔 모습을 대중에게 보여 줄 참이었다.

독말풀들은 잎과 가지가 잘린 곳에서 체액을 내뿜었다. 방독면의 눈쪽에 튀어도 가게키요는 침착하게 닦아 낸다. 주변은 독말풀의 잎으로 젖은 젖비린내 나는 날숨으로 가득 차 가게키요의 작업복도 푸른 액체에 젖었다. 팔이 저렸지만 가게키요는 분노로 지탱하며 담담히 작업을 계속했다.

독말풀 잎을 다 베고 우리 안에 가두며 알칼로이드에 젖은 잎과 줄기와 꽃의 잔해를 모두 정리했을 때, 가게키요는 확신이 들었다. 방독면을 벗은 가게키요는 네오 가드너의 금기를 깨고 담배를 피우면서 승리감에 젖어 우리에 들어찬 가지와 열매만 남은 독말풀을 똑바로 보왔다.

심장이 세차게 뛰었다. 우리 안에는 믿을 수 없는 광경이 벌어지고 있었다. 가지와 열매뿐으로 비참해야 할 독말풀은 너무나도 고상하고 아름다웠다. 담배에 독말풀 잎이라도 섞여 눈이 이상해진 걸까 의심했지만 그럴 리 없다. 보는 것만으로 눈물이 날 것 같았다.

가게키요는 깨달았다. 독말풀을 멸시할 생각으로 한 일이 이런 고귀한 모습을 만들어 버렸다. 독말풀이 그렇게 바랐기 때문이다. 우리는 싸울 생각이었지만, 사실은 독말풀을 선두로 한 식물들의 비전을 실현하기 위해 열심히 움직였던 것이다. 그 이유는 말할 것도 없다. 우리야말로 식물의 혼에 정확하게 감응할 수 있는 네오 가드너니까.

인간은 이미 식물을 모시는 쪽이 되었다. 혁명은 이미 이루어졌다.

가게키요는 그런 말을 혼자 중얼거리더니, 식물기의 시작을 알리는 새로운 모습의 독말풀 밭으로, 즉 우리 안으로 들어갔다.

# 춤추는 소나무

와라이우메(笑梅) 신사에 새해 기도를 하러 갈 거야, 그렇게 엄마한 테 거짓말을 하고는 사실 납치 괴담이 있는 오도리마쓰(踊松) 신사에 갈 생각이었다.

학교에서는 오도리마쓰 경내에 들어가는 걸 금지했다. 올여름에 호시의 동급생인 구리야마와 가사마쓰와 고케구치가 한밤중에 담력 테스트를 하러 가서 돌아오지 않은 사건이 일어났기 때문이다. 유괴 사건으로 대대적인 수사를 펼쳤지만, 세 사람은 행방불명인 채다. 비공식 사이트 같은 데서는 어두운 소문이 여러 가지 돌았지만, 마쓰노모리초등학교 학생들 사이에서 점차 설득력을 얻게 된 설은, 오도리마쓰 신사 안이 블랙홀이라서 세 사람을 빨아들였다는 설이었다. 오도리마쓰 경내에는 방공호가 몇 개 있어서 위험하니 가까이 가면 안 된다는 말을 호시도 부모님으로부터 들었다.

위험하니까, 라는 말은 방공호가 블랙홀이기 때문이었구나.

소문이 퍼졌을 때 호시는 그렇게 생각하며 납득했다. 방공호가 왜 위험하냐고 아무리 물어도 부모님은 가르쳐 주지 않았는데, 그 의문이 풀려 어둠 속으로 삼켜지는 장면을 자세하게 상상하며 호시는 오도리마쓰 신사를 전보다 더 무서워하게 되었다. 졸업 전 마지막 설에 넷이 뭔가 기념될 일을 하자고 다코가 말하자, 노아키치가 '오도리마쓰 신사에 새해 참배를 하러 가자'고 제안했고, 사악한 기운이 모두를 움직이는 기분이 들자 등줄기가 서늘했다. 다코와 고그는 입을 다문 채 호시를 바라보았다.

"역시 좀 무섭니? 하지만 신사는 신사잖아. 설날에는 새해 참배를 하는 사람으로 가득하다고. 그 사람들이 모두 사라질 리 없어. 낮에 가면 전혀 문제없다고. 잘하면 가사마쓰랑 다른 애들이 어떻게 되었는지 알 수 있을지도 몰라."

가장 신중해 보이지만 가장 대담한 노아키치가 별거 아니라는 듯 말했다.

"정말 보통 신사일까, 거기?"

다코가 의심스런 얼굴로 고개를 갸우뚱했다.

"오도리마쓰 신사의 부적 같은 거 가지고 있는 사람, 본 적 없지?"

고그가 말했다.

"와라이우메 신사의 부적은 누구나 가지고 있지만 말이야."

호시가 자신의 책가방에 붙은 부적을 들어 보였다.

"매화꽃이 폭소를 터뜨리고 있는 이 캐릭터, 뭔가 부족해."

다코가 자신의 구두에 묶어서 붙인 와라이우메 신사의 부적을 만지면서 말했다.

"와라이우메가 웃는 매화면, 오도리마쓰 신사의 캐릭터는 춤추는 소나무일까?"

고그가 춤추는 흉내를 냈다.

"그럼 좀 흥미로운걸?"

캐릭터 굿즈라면 정신을 못 차리는 다코의 눈이 반짝거렸다.

"그러니까 가 보고 부적을 살 수 있으면 갈 만한 가치가 있는 거지."

때는 이때다 싶어 노아키치도 밀어붙인다.

"대체 왜 오도리마쓰인지 궁금했어."

고그도 합류할 기세다.

"웃는 매화 역시 왜 웃는 매화인지 몰라."

되어가는 꼴이 안 되겠던지, 호시가 가라앉은 소리로 말했다.

"모른다고?"

고그가 질렸다는 듯이 꺼낸 이야기는 다음과 같은 일화였다.

와라이우메 신사의 매화는 해마다 꽃봉오리가 맺혀도 피지 않고 떨어지기만 했다. 어떻게든 꽃을 피워 보려고 불을 피워 따뜻하게도 해 보고 빛을 집중적으로 비추기도 하고, 음악을 들려주기도 했지만 효과가 없었다. 이렇게 뿌리 깊이 어두운 매화는 재수가 없다는 평판이 돌아, 사람들이 드나들지 않게 되었다. 그래서 그 무렵엔 '네무리우메 신사''로 불렸다. 숨어 사는 자들의 신사가 되면서 네무리우메 신사는 암암리에 자살의 명소가 되었다. 그러던 어느 날, 재주도 없고 사는 데도 대단히 미숙한 한 남자가 굵은 매화나무 가지에 줄을 매어 죽으려고 했다. 목에 걸 고리를 만들려고 했는데, 태생적으로 솜씨가 없는 게 다행이었는지, 매화 가지가 흔들렸는지, 발을 딛고 있던 나무상자가 쓰러져 버렸다. 한쪽 팔과 목을 고리에 넣고 있었던 탓에 줄은 기대는 형태로 몸통을 조이고, 남자는 절묘하게 수평을 맞춘 모습으로 공중에 떠 있게 되고 말았다. 어찌해도 빠져나갈 수 없어 남자는 공중을 헤엄치면서 네무리우메의 신이시여, 제발 부탁이니 편안하게 죽게 해 주세요, 하고 훌쩍거렸다. 그 순간 매화 봉오리가 일제히 터지며 피어 흐드러졌다고 한다. 이제껏 맡아 본 적 없는 짙고 달콤한 매화 향에 이끌려 근처 사람들이 나타났을 때는 꽃의 웃음이 아직 끝나지 않은 채 미세하게 흔들리고 있었고, 공중에 떠 있던 남자는 매화에게 비웃음을 당했다며 화를 내고 있었다. 훗날 남자는 목숨을 구해 준 매화나무에게 감사했고, 그때부터 이 신사를 와라이우메 신사라고 부르게 되었으며, 이 신사의 신은 목숨을 살리는 신이 되었다는 이야기.

다코가 싱글거리며 듣고 있었던 이유는 어차피 고그의 이야기는 엉터리라는 걸 간파했기 때문일 것이다. 하지만 호시와 노아키치에게는 먹혔다.

---

* 잠자는 매화가 있는 신사라는 뜻.

"오도리마쓰에도 이상야릇한 이유가 있지 않을까, 분명."

다코가 여성스러움을 감추며 말했다.

"갈 거지? 새해 참배."

노아키치가 호시에게 묻자 될 대로 돼라 싶어 호시는 고개를 끄덕였다.

엄밀하게 말하면 엄마에게 거짓말을 한 것은 아니다. 네 사람은 와라이우메 신사의 도리이* 앞에서 만났으니까.

와라이우메 신사에서는 학교 친구들을 많이 만났다. 함께 새해 참배를 하자고 권하는 아이도 있어서,

"먼저 여기에서 참배하지 않을래? 오도리마쓰에서 무사히 돌아올 수 있도록 해 달라고."

호시는 흔들렸지만, 노아키치는 '그런 짓 했다가는 오히려 불길해질 것 같다'며 응하지 않았다.

언제나 그랬듯이 잠결에 뻗친 머리를 다듬지도 않은 채, 옴진리교 교주처럼 머리를 산발한 고그가 맨 마지막에 나타났고, 일행은 곧바로 오도리마쓰 신사로 향했다. 와라이우메 신사는 마쓰노모리초등학교 바로 뒤편 오래된 고분이 있는 언덕에 있었다. 오도리마쓰 신사는 그 언덕보다 더 뒤쪽에서 뻗어 나온 좁은 산길을 삼십 분 정도 들어간 숲에 펼쳐져 있었다. 이정표는 아름드리 소나무 두 그루가 얽혀 있어 𝌀 모양을 만들고 있는 통칭 '도리이 소나무'. 어른 한 사람이 몸을 웅

---

* 신사 등의 경내 입구에 세우는 구조물.

크리고 간신히 빠져나갈 정도로 좁은 문밖에 없지만 정말 그것이 도리이 대신이었다.

설날인 만큼 와라이우메 신사 정도는 아니지만 참배객이 줄을 잇는다. 도리이 소나무를 도는 데는 시간이 걸리기 때문에 참배객은 긴 행렬을 이루었다. 네 사람도 그 줄 끄트머리에 섰다.

참배객은 어르신이 많았고 간간이 젊은 커플도 보였지만 아이들은 없었다. 학교나 부모의 말을 거스르면서까지 이 으스스한 신사에 오려는 호기심쟁이는 없을 것이다.

"아, 춰. 난 추위에 약하다고."

고그가 몸을 움츠렸다. 바람이 지나는 길인지, 세지는 않지만 차가운 바람이 끊임없이 불었다. 작은 새가 재잘재잘 지저귀면서 나뭇가지를 건너다닌다.

"진짜로 소나무만 있네."

주위를 돌아보며 호시가 말했다.

"설마 저게 춤추는 소나무?"

노아키치가 가리키는 쪽을 보니, 바람이 커다란 나무를 흔들고 있었다.

"설마."

다코가 일축했다.

"너무 시시해."

도리이 소나무를 돌아나가는 순서가 가까워졌다. 키다리 다코가 목

을 길게 빼고,

"오호, 저게 그 소문난 블랙홀인가?"

하며 호시의 불안을 부채질했다. 시메나와*를 두르기는 했는데 신전에 바치는 장식을 늘어뜨린 소나무 사이가 너무 좁아 아무리 엿보려 해도 건너편 광경이 새까맣게 흐려 보이지 않았다. 드디어 호시가 빠져나갈 순서가 되어도 마찬가지였다.

세 사람은 이미 빠져나가 호시를 기다리고 있을 터였다. 호시는 소나무 사이를 들여다보았지만, 소나무의 두께로 보면 믿기 어려울 만큼 긴 터널이 있었고, 출구의 빛이 작은 점처럼 빛나고 있을 뿐이었다.

진짜 블랙홀일지도 모른다.

호시는 등줄기가 섬뜩했다.

세 사람도 삼켜진 것일까?

숨쉬기가 괴로웠다. 공기가 블랙홀로 빨려 들어가는 탓이다.

"돌 거야, 안 돌 거야? 안 할 거면 비켜. 뒤에 다들 줄 서 있으니까 말이야."

위세 좋은 목소리에 호시는 돌아보았다. 미간에 주름을 잔뜩 찌푸린 아주머니가 성가시다는 듯 호시를 바라봤다. 뒤를 이은 행렬의 사람들도 험한 눈빛으로 호시를 보고 있었다.

망설일 틈은 없었다. 호시는 몸을 구부리고 개집에 들어가는 요령으로 아름드리 소나무 사이로 몸을 비틀며 들어갔다. 눈을 들었지만,

---

* 설날 장식.

그저 가득한 소나무와 어렴풋한 하늘과, 땅과, 도리이 소나무 줄기만 보일 뿐. 그리고 틈을 빠져나가는 바람 소리가 예리한 피리 소리처럼 귀를 덮쳤다. 그때까지 들리던 참배객의 소란스러운 소리는 사라지고 모습도 보이지 않았다.

가슴속에서 공포가 튀어나오더니 몸이 굳어 버렸다. 그 순간 뒤에서 강렬한 힘이 호시의 등을 떠밀었고, 호시는 도리이 소나무로부터 굴러 나왔다.

"뭐야, 넘어진 거냐?"

노아키치의 목소리가 위에서 쏟아진다. 고그도 다코도 호시를 보았다. 호시는 일어나 흙을 털었다. 도리이 소나무를 통과하기 전과 같은 떠들썩함, 바람 소리, 새소리가 들려온다. 참배객은 이야기를 나누면서 손 씻는 물에 손을 담그거나 했다.

그래도 호시는 뭔가 이상했다.

"손 닦아야지."

하고 말했을 때, 자기 목소리가 가늘게 들렸다. 녹음한 자신의 목소리를 듣는 듯했다. 그러고 보니 눈에 비친 광경도 묘했다. 어렴풋이 뿌옇고 거칠었으며, 어설픈 데생처럼 보였다. 호시는 공연히 목이 말라 바가지로 물을 떠서 목을 축였다.

너무 건조해.

긴장이 풀리면서 호시는 그렇게 생각했다. 눈은 뻑뻑하고 추위는 뼛속으로 스며들었다.

차가운 높새바람이 참배길 안쪽을 향해 세차게 불었다. 고그가 '졸라 추워, 씨발' 하면서 코를 훌쩍였다. 바람은 일행의 등을 밀어내듯 줄기차게 불어댔다. 우듬지가 흔들리고 통소 같은 소리가 귓전을 울렸다.

바람이 몰고 온 냉기 탓인지, 세찬 바람에 밀린 탓인지, 참배하는 어른들은 종종걸음으로 계속해서 네 사람을 추월해 갔다. 네 사람도 걸음을 재촉해 보지만 아이들 걸음이니 뻔히 한계가 보인다.

참배하는 곳에 닿기도 전에 주변에는 네 사람만 남았다. 참배를 마치고 돌아오는 사람들이 없다는 게 이상했다. 좋지 않은 흐름이라고 느낀 호시가 멈추어 섰다. 같은 불안을 느낀 것일까, 세 사람도 멈추었다. 바람은 여전히 재촉하듯 불어댔다. 흔들리는 소나무 잎들이 낙숫물 같은 소리를 낸다.

"갈 거야, 말 거야? 나무를 빠져나왔으니 가야겠지?"

뒤에서 누군가 입을 열기 바쁘게 재촉하는 소리가 들렸다. 호시는 아까 도리이 소나무에서 뒤에 섰던 아주머니라는 걸 알았다. 아주머니는 네 사람을 앞질러 갈 듯한 몸짓을 하며 재촉했다.

"나랑 같이 갈 거지? 안 그러면 너희들만 남겨질 거야."

네 사람은 자기도 모르게 고개를 끄덕였다. 그것 말고 다른 반응은 나올 수 없을 것 같았다.

"구리마쓰, 사케마쓰, 고케마쓰, 히마쓰, 사마쓰, 아토시마쓰, 빨리 와!"

아주머니는 주변을 둘러보며 외치더니 앞장서 걷기 시작했다. 네 사람도 바람에 등 떠밀리며 나아갔다.

"저기요."

고그가 결심한 듯 아주머니에게 말을 걸었다.

"우리는 구리마쓰 따위가 아닌데요."

"그야 구리마쓰가 아니겠지. 나도 너희들 이름 따위 몰라."

"그럼, 구리마쓰 같은 건 누굴 말하는 건가요?"

"구리마쓰는 당연히 소나무지!"

네 사람은 얼간이가 된 기분이 들었다. 물 위를 걷고 있는 것 같았다. 머뭇머뭇 돌아보았지만 뒤에는 아무도 없다.

"구리마쓰 씨는 따라오지 않는 것 같아요."

용기 있는 고그는 끈질기게 물고 늘어졌다.

아주머니는 걸음을 멈추지 않고 흘끗 고그를 돌아보며, '흥' 하고 콧소리를 냈다.

"따라오는 것처럼 보이지는 않겠지. 하지만 따라오고 있어. 소나무랑 사람은 영혼의 존재 방식이 다르니까."

호시는 소리지르며 도망치고 싶었지만, 이미 돌아설 기회를 잃었다는 것을 알았다. 달리기 시작하면 오도리마쓰 신사에서 혼자 미아가 될 것이다.

"무서우냐?"

아주머니가 재미있다는 듯 물었다. 호시만 끄덕였지만, 고그의 태도에 고무된 노아키치가 과감하게도, '아주머니가 우리를 무서워하는 거 아닌가요?' 했고, 거의 동시에 다코가 '찰밥'을 아토시마쓰'라고 외쳤다.

뒤쫓아오는 바람은 거세지기만 할 뿐이었고 일행은 달리지 않을 수 없었다. 마치 언덕을 굴러 내려가듯 멈추려 해도 멈출 수 없었다. 호시는 가능한 한 허벅지로 세단뛰기라고 중얼거리면서 날 듯이 달렸다. 등 뒤 바람을 참고한 기록이라더니 정말 그런 게 있구나, 하고 생각했다.

겨우 멈춘 곳은 작고 둥근 공터였다. 울창한 숲속이건만 나무가 서로 양보라도 한 듯 거기에만 아무것도 자라지 않았다. 아주머니도 멈추어 섰다가 네 사람이 도착하자마자 말했다.

"다 왔어. 여기가 본당이야."

네 사람은 공터를 바라보다 일제히 고개를 숙이고 말았다.

"아무것도 없는데요, 영혼의 존재 방식이 다르기 때문인가요?"

고그가 말했다.

"성금은 어디에 하나요?"

노아키치가 이어서 물었다.

"부적은 파나요?"

호시도 용기를 내어 물었다.

---

* '무서워하다'와 '찰밥'을 뜻하는 일본어의 발음이 같아서 장난처럼 표현한 것.

"오미쿠지'가 없네."

다코가 마무리한다.

"그런 건 가짜 신사에서나 하는 거야."

아주머니가 대답했다.

"가짜! 그럼 와라이우메 신사도 가짜라고요?"

다코가 말했다.

"진짜지만 가짜야. 진짜 신에 둘러싸여 사람이 신사 놀이를 하는 것 뿐이지."

아주머니는 웃으며 말하고는 덧붙였다.

"뭐, 그건 그것대로 좋지만 말이야. 식물의 전당 '가라시야' 같은 거 야."

"여기는 진짜인가요?"

노아키치가 석연치 않아 하며 물었다.

아주머니는 묵직하게 고개를 끄덕였다.

"신이 모이는 장소야. 저것도 신이지."

그러고는 공터 주변을 둘러싼 키 큰 소나무 우듬지를 가리켰다.

"아, 천국이구나!"

호시가 진지하게 외쳤다.

"얘는 좀 모자라네."

아주머니는 호시를 노골적으로 깔보는 눈짓을 하더니 소리를 높였

---

* 절이나 신사에서 길흉을 점치는 제비뽑기 종이

다.

"까마귀잖아."

소나무 우듬지에 앉은 까마귀가 그의 말에 대답하듯 까악까악 둔탁한 소리로 울었다.

"물론 소나무도. 이것도 저것도 모두 신이지."

아주머니는 모르는 나무와 풀과 땅에 떨어진 솔방울을 가리켰다. 고그가 웃었다.

"너도 좀 모자라는구나. 솔방울이 얼마나 대단한데."

아주머니는 미간을 찌푸리며 설명을 시작했다.

"이 솔방울의 비늘 하나하나가 신이야. 말하고 보니 신들의 다세대 주택이네."

"소나무 이파리는요?"

노아키치가 물었다.

"거기 있는 오소마쓰는 여섯 그루가 하나의 신이지. 저기 바쿠마쓰는 이파리도 껍질도 거기 붙어 있는 이끼도 벌레도 각각 신이고, 그들이 합체되어 있지."

"어렵네요."

호시가 자기도 모르게 중얼거리며 물었다.

"아줌마는요?"

"한 사람이 하나의 신이지."

"네에? 아줌마도 신이라고요?"

"당연하지. 너희들도 한 사람 한 사람이 모두 신이야. 아무리 바보라도 민폐쟁이에 도움 안되는 사람이라 할지라도, 신은 신이지. 어쩔수 없어."

"우리가 신이라면 오도리마쓰 신사에 오지 않아도 주변이 모두 신들로 바글거리겠네요."

다코가 가볍게 말했다.

"진짜네. 신이 아닌 게 있나요?"

고그는 농담처럼 말한 것이리라.

"있을 리 없지. 하지만 여기는 '주변'과 달라서 정식으로 신이 모셔진 곳이지. 봐."

아주머니는 잠자코 검지를 세우더니 의미심장한 눈빛으로 네 사람을 보았지만, 네 사람은 무슨 뜻인지 이해하기 어려웠다.

"바람이야, 바람. 바람이 돌고 있잖아."

아주머니가 검지를 돌리며 말했다.

"바람의 신이 모셔져 있다는 뜻이에요?"

호시가 물었다.

"바람이 신이라니까! 뭘 모르는구나. 알게 해 주지."

아주머니는 품에서 대나무 막대기를 꺼내더니 피리처럼 불기 시작했다. 대나무 막대기에서는 바람 소리가 울렸다. 공터를 조용히 돌던 실바람이 그 신음과 함께 맹렬함을 더하더니 순식간에 회오리바람이 되었다. 아주머니는 회오리바람에 스스로 감기듯 자전하며 피리를 불며 공터를 돌았다. 돌고 있는 아주머니가 소나무로 보였다.

깜짝 놀라 눈을 가늘게 뜨자, 돌고 있는 소나무는 아주머니뿐이 아니었다. 어느새 모여들었는지 빈터를 둘러싼 소나무들도 끼어들어 돌고 있었다. 포말이 이는가 싶게 빈터에 소나무가 늘어나고 송곳 꽂을 틈도 없이 톱니바퀴처럼 맞물려 정확하고 빠르게 돌았다. 돌면서 꿈틀거렸기 때문에 호시도 소나무 가지에 얽혀 공터 가운데서 돌고 있었다. 다코와 노아키치와 고그의 모습은 이미 보이지 않았지만, 분명 나무 사이에서 돌고 있을 것이다.

음악처럼 들리기도 하는 바람 소리에 맞추어 돌자니 유쾌해졌다. 돌면 돌수록 정기가 몸 속에서 흩어져 뭐든 할 수 있을 듯한 기분이 들었다. 주위에서 도는 소나무와 완전히 조화를 이루었고 부풀어오르는 영혼을 누를 수 없어 이렇게 외쳤다.

"나는 신이다!"

"우리가 신이라면, 곤란할 때는 어떤 신이 도와주는 거지?"

나무의 영혼처럼 다코가 중얼거리는 소리가 들렸다.

"잘 알아차렸구나. 너는 어른이 될 수 있을지도 모르겠구나. 모든 게 신이라는 것과 신이 어디에도 없다는 건 어떻게 다를까? 신에게 빌고 싶을 때는 어떻게 하면 좋을까? 잘 생각해 봐."

아주머니의 목소리가 바람에 섞여 주문처럼 울렸다.

"아주머니는 누구세요?"

호시가 물었다. 신이라니까 아직도 모르겠니, 하고 아주머니에게 핀 잔을 들을 거라고 예상했는데 아주머니는 후후후 웃음을 누르며 거드름을 피웠다.

"케일이라는 정도만 말해 두지."

한동안 피리 연주 같은 바람 소리만이 춤을 추고 있었다. 호시는 들뜬 기쁨을 잠재우려고 땀을 닦으며 붕붕 맴을 돌았다.

호시는 자신의 회전이 너무 빨라 자기 모습이 보이지 않았다. 세탁기처럼 돌다 보면 쓸데없는 것들이 날아간다는 걸 깨닫고 자신의 모든 것을 날려버리고 싶어서 호시는 회전 속도를 올렸다. 그러자 소나무의 회전 속도도 빨라지고 모습은 사라져갔다. 다코와 노아키치와 고그도 이미 보이지 않는다.

공터에는 아무도 없었다. 그저 피리 소리 같은 음색과 함께 겨울바람이 춤을 출 뿐이었다.


"이제 그럼 우리는 신이 되어 돌아온 건가?"

"신이 되어서가 아니라, 내내 신이었던 걸 깨달았어. 뭘 모르네!"

고그가 호시의 말을 정정한다.

"뭐야, 그럼 부적은 안 사 온 거네."

남의 이야기를 항상 잘못 듣는 구리야마가 유감스럽다는 듯이 말하자 '쫌!' 하고 노아키치에게 야단을 맞았다.

"뭐, 이걸로 대신하자."

호시가 솔방울을 내밀었다.

"오오, 솔방울. 나는 밤이랑 연결되어 있어."

구리야마가 솔방울에 뺨을 비볐다.

"그렇지만 말이야, 지금 얘기대로라면 나도 신이라는 거잖아?"

가사마쓰의 말에 다코는 끄덕이며 말했다.

"뭐, 그런 거지."

"그럼 나도? 나도?"

고케쿠치가 재촉했다.

"다들 인정하고 싶지 않겠지만, 그런 셈이야."

노아키치가 말했다.

"굉장해. 그럼 나한테 성금을 던져 봐, 뭔가 소원도 빌고."

"나도 신이기 때문에 고케에게 빌 필요는 없어."

"이발소 주인도 다른 이발소에 가서 머리 깎잖아."

"그러니까 서로 협력해서 희망 사항을 이루어 주자는 거야? 모두가 신이란 건 그런 뜻 아니야?"

가사마쓰가 진지하게 말하자 다코는 시시하다면서 무시했다.

호시는 이렇게 사이좋은 친구들과 수다를 떠는 게 좀 이상했다. 왠지 자신이 잘못 찾아온 듯한 기분이었다. 잠깐이라도 한눈을 팔면 가던 길을 잃어버릴 것처럼 불안했다. 왜 이런 기분이 드는지 혼자서 곰곰이 생각했다.

오 분 뒤에는 개학식이었다. 교정에 나와 줄을 맞추라고 방송이 나왔다. 그리고 음악이 울리기 시작했다. 1월에 관계된 곡이려니 했다.

통소였다.

"안 돼!"

고그가 외쳤다.

"몸이 말을 듣지 않아."

다코가 이어서 말했다.

이미 바람이 불기 시작했다. 호시도 몸의 마디마디가 근질거렸다. 플란넬 커피 드리퍼처럼 기쁨의 방울이 몸 안에 송송 맺히기 시작했다. 노아키치는 벌써 돌기 시작했다. 가까이 서 있던 가사마쓰도 맞물려 돌기 시작했다.

"장난 아니야, 열나 재밌어!"

두 사람은 자전하면서 복도를 건너 교정으로 말려들어 갔다. 다코도 고그도 돌기 시작하여 반 아이들을 모두 끌어들였고, 호시도 예외는 아니어서, 복도에서 교정으로 흘러가 소용돌이치는 거대한 흐름에 빨려들어 갔다.

교정에는 회오리바람이 불어 소용돌이쳤다. 누군가 '오도리마쓰의 숲이여, 만세!' 하고 외쳤다. 소용돌이 속에 여러 개 작은 소용돌이가 돌고, 그 가운데 호시는 자전하며 소용돌이에 빨려들어 가듯 공중에 떠 있었다.

호시는 환희에 젖으면서도 곁길은 어디였더라, 하고 생각했다.

처음에 왜 오도리마쓰 신사에 참배를 갔더라?

그렇다. 오도리마쓰 신사에 가고 싶었기 때문이다. 그런데 왜 가야만 했더라?

아무리 생각해도 미로를 헤매듯 결말은 안 나고, 이렇게 좋으니 됐지 뭐, 하는 생각이 들어서 그곳에 대한 가시 같은 이물감을 환희의 소용돌이 속으로 던져 버렸다.

친구들과 서로 스치며 돌다가 소용돌이가 되어 오르면서 호시는 분명 이 신의 소용돌이는 솔방울 모양을 똑 닮았을 거라 상상하며 배시시 웃었다.

# 벚꽃 낙원

벚꽃이 피면 사람들은 술병을 허리춤에 매달거나 떡을 먹으면서 벚나무 아래를 걸었고, 절경이라는 둥 봄이 완연하다는 둥 기분이 들뜨는 시기가 있었다고 가르쳐 준 사람은 가모가와 선생님이었습니다. 나와 미쓰야가 봄 방학에 여행을 가려는데 어디 좋은 비경이 있는지 물었더니, 그렇다면 꽃구경을 가는 게 좋겠지요, 하고 말하는 겁니다.

"꽃구경이라니, 식물원에라도 가라는 건가요?"

"벚꽃이죠. 만개한 벚나무 아래에 자리를 펴고 꽃을 즐기는 겁니다."

"농담이시죠? 그런 위험한 짓은 할 수 없어요."

"하지만 옛날 사람들은 그냥 아무렇지 않게 꽃구경을 했어요."

가모가와 선생님은 '꽃구경'이라는 것에 대해 가르쳐 주셨습니다.

믿을 수가 없었습니다. 벚꽃에서 나온 독기가 뇌를 파괴해 즉사한다는 사실은 상식입니다. 그러니까 꽃이 피는 시기에는 아무도 벚나무에 다가가지 않고, 평소에는 독을 마시지 않도록 마스크를 쓰는 겁니다. 조심만 하면 별일 아니지만, 아무 생각 없이 꽃이 빼곡하게 핀 벚나무 숲을 걸으려면 마스크를 써도 소용이 없고 그대로 독기에 당해 다시 돌아올 수 없는 몸이 됩니다.

그런 위험한 장소에 일부러 몰려가서, 그것도 술을 마시다니요! 그것이 봄의 풍경이라니! 옛날 사람들은 무슨 생각을 했던 것일까요!

가모가와 선생님의 설명에 따르면, 그 당시에는 인구가 세상에나, 지금의 백 배에 해당하는 일 억 명 이상이었고, 몇 명쯤 쓰러진다 해도 모두 눈치채지 못했다고 합니다. 그건 그럴지도 모릅니다. 나도 우리 집 정원에 핀 메리골드 열 포기 가운데 세 포기를 뽑으면 바로 알 수 있지만, 천 포기 중 세 포기를 뽑았다면 알아채지 못하겠지요.

그런데 언젠가부터 꽃구경을 하던 사람들이 모조리 사라지는 사건이 잇달아 일어났습니다. 사체가 남지도 않아 도대체 무슨 일이 일어났는지 짐작도 할 수 없었습니다.

만개한 벚나무에 가까이 가면 사라진다고 하니, 사람들은 벚꽃을 꺼려 멀리했습니다. 하지만 이미 인구는 되돌릴 수 없을 만큼 줄었습니다. 그만큼 옛날 사람은 너도나도 할 것 없이 모두가 꽃구경을 했다는 이야기입니다.

"그러니까 독기라는 건 근거 없는 말입니다. 두려움을 품은 사람들이 꺼낸 말이 정설이 된 것뿐이에요!"

가모가와 선생님은 예의 부드러운 웃음을 지으며 말했습니다.

"나는 독기 따위 믿지 않아요. 실제로 그제 꽃구경을 하고 왔다니까요. 보세요."

가모가와 선생님은 아름다운 손톱 같은 꽃잎 한 장을 투명한 케이스에 끼워 넣은 걸 내밀었습니다. 나와 미쓰야는 눈을 둥그렇게 뜨고 서로 마주보았습니다. 느릿한 가모가와 선생님의 어디에서 그런 용기가 나오는 걸까요?

"아이고, 괜찮아요. 만개한 벚나무 숲에 혼자 앉아 보세요. 위도 벚꽃, 아래도 벚꽃, 사방은 벚꽃의 눈보라, 마치 온 세상이 하얀 살갗 같을 거예요. 그건 정말 이 세상이 아니죠."

"컨디션이 나빠지거나 하지 않았나요?"

"아니, 아니요, 한마디로 '아, 기분 좋다'죠. 오히려 독기가 빠지는 것 같은 상쾌함조차 있었는데요. 뭐, 한 번 가 보세요. 아무도 가 보지 않은 진정한 비경입니다. 근처 공원이라도 좋아요. 돈도 시간도 안 들죠."

식물의 전당 '가라시야'에서 상급 어드바이저로 일하는 가모가와 선생님의 권유이니, 가짜일 리는 없습니다. 선생님의 말씀에 솔깃하여 나와 미쓰야는 머뭇거리며 벚나무 숲 탐험에 나섰습니다.

커다란 숲은 너무 무서웠기 때문에 적당히 알려지지 않은 곳을 찾아, 마스크에 방진 안경과 귀마개까지 준비하고 단독 주택이 늘어선 골목길을 가르며 들어갑니다.

길은 언제나처럼 쥐 죽은 듯 고요합니다. 우리 동네는 삼백 명 정도가 살고 있으니 꽤 큰 편이긴 하지만, 그래도 반 이상은 빈집입니다. 이곳에 숨어들어와 미쓰야를 알게 되었으니, 나는 쓸쓸해서 머리가 어떻게 됐었는지도 모릅니다. 미쓰야도 나와 만났을 때 돌아버리기 직전이었다고 말했습니다. 우리는 운이 좋았습니다. 누구와도 만나지 못해 벚나무 숲으로 들어가 사라지기를 선택하는 사람은 끊이지 않습니다. 하지만 벚나무 숲이 가모가와 선생님이 말씀하신 것 같은 장소라고 한다면, 대체 그 사람들은 어디로 사라진 것일까요?

그 빈 땅은 세상에, 미쓰야네 집 뒤편 불과 삼 분 거리에 있었습니다. 집과 집 사이에 개구멍이 이어지듯 좁은 길이 있었고, 그곳을 빠져나가자 집으로 둘러싸인 좁은 공간에 만개한 벚나무가 바늘 하나 들어갈 틈도 없이 빽빽하게 늘어선 거예요. 옅은 살빛이 불타오르는 것 같았습니다. 거기만 빛나고 있는 듯한, 아니, 빛이 빨려 들어가는 듯한, 옴폭 파인 느낌이었습니다. 나는 공포로 가득해져서 살짝만 건드려도 풍선초 씨앗처럼 튕겨 나갈 것 같았습니다. 미쓰야도 떨리는 마음을 애써 참고 있다는 걸 힘껏 쥔 손과 식은땀으로 알 수 있었습니다.

그래도 우리는 현장으로 돌진하는 소방대원의 기개로 용기를 내어 한 발자국, 벚꽃 밀집 지역에 발을 들여놓았습니다. 놀랍게도, 그때까지 느껴지던 바람의 일렁임도 새소리도 사라지고 주위의 집들도 꽃에 덮여 숨어 버렸습니다. 끝없이 이어지는 벚꽃뿐이었습니다. 그저 하롱하롱 떨어지는 꽃잎만이 유일하게 움직이는 존재였습니다.

"엥?"

미쓰야가 나를 돌아보았습니다.

"왜?"

내가 물었습니다.

"미조레, 무슨 말 했지?"

"아니!"

"사람 목소리 안 들려?"

나는 귀를 기울였습니다. 아무 소리도 들리지 않았습니다. 너무나 고요해서 오히려 시끄럽게 느껴질 정도였습니다.

"들리는 것도 같고, 안 들리는 것도 같고…."

"들린다니까. 뭔가 굉장한 음량의 수다랄까, 귓속말이랄까, 너무 여럿이 동시에 이야기해서 무슨 말을 하는지 알아들을 수가 없어."

미쓰야는 주변을 돌아보더니, '앗' 하고 소리쳤습니다.

"이거, 벚꽃이 이야기하는 거 아니야?"

"뭐어?"

미쓰야는 벚꽃에 귀를 대고 고개를 끄덕입니다.

"역시 그렇구나. 꽃에서 나는 소리야. 이거 입술이야, 봐!"

꽃잎을 한 장 내게 내밉니다. 꽃잎이 섬세하게 떨립니다. 나는 귀를 가까이 대어 보았습니다.

"으, 기분 이상해."

사람 목소리는 들리지 않았지만, 따스한 숨결 같은 것이 느껴져서 나도 모르게 귀를 뗐습니다. 이것이 독기인지도 모릅니다.

"뭐라고 말해?"

"말은 들리지 않는데, 숨을 쉬어."

"한숨이구나. 역시 이건 입술이야."

미쓰야는 사랑스럽다는 듯 꽃잎에 뺨을 대었습니다. 나는 제정신이 아니었습니다.

"좋다. 좋지 않아?"

"난 불안해."

"왠지 많은 사람이 모여 있는 것 같아. 입술 하나가 한 사람이라고 한다면, 굉장한 수지. 많은 사람들과 함께라는 거, 너무 좋지 않아?"

그렇게 생각하니, 정말 많은 사람에게 둘러싸여 있는 듯했습니다. 체온이랄지, 사람의 온기랄지, 그런 기운이 주위에 충만한 것 같았습니다. 비교적 규모가 큰 우리 마을조차 학교나 직장이나 중심가라도 가지 않으면, 하루 종일 자기 말고는 누구와도 만날 수 없는 나날입니다. 이렇게 많은 인기척에 둘러싸이는 경험은 처음이었습니다. 그리고 그것은 미쓰야가 말한 대로 지금까지 느껴 본 적 없는 기분 좋은 느낌을 주었습니다. 내 주위를 온통 뒤덮은 벚꽃잎을 가만히 바라보자니, 공포나 불안도 점점 누그러졌습니다.

"좀 익숙해지니까 확실히 기분이 좋네."

"가모가와 선생님이 말씀하신대로, 이건 정말 도원경이다. 그런데 복숭아가 아니니까, 벚꽃 낙원인가?"

나는 어느새 흐트러진 벚꽃 주단 위에 철퍼덕 주저앉아, 손을 뒤에

짚고 상체를 지탱하며 느긋한 자세로 쉬고 있었습니다.

"봐, 꽃보라야."

그렇게 말하고 미쓰야는 땅에 떨어진 벚꽃을 입으로 후우 불었습니다. 그러자 생각보다 많은 꽃잎이 날아올라 미쓰야의 머리 위를 떠다녔습니다. 흰 피부색에 섞여 미쓰야의 모습이 반투명해 보였습니다.

"나도."

나는 손바닥에 꽃잎을 담아 미쓰야에게 뿌렸습니다. 미쓰야는 더 많은 꽃잎에 휩싸였습니다. 꽃보라 건너편에서 미쓰야의 유쾌한 웃음소리가 들려왔습니다. 우리는 아이처럼 뛰어놀며 꽃보라를 서로에게 뿌려댔습니다.

지쳐서 꽃잎 뿌리기를 그만두고 꽃잎이 떨어지기를 기다렸습니다.

꽃잎이 땅에 떨어진 자리에 미쓰야는 없었습니다. 나는 "미쓰야?" 하고 웃음을 머금은 목소리로 불렀습니다. 장난치는 거라고 생각했기 때문입니다. 부름에 응답하듯이, 미쓰야의 웃음소리가 되돌아왔습니다. 나도 웃었습니다. 미쓰야도 다시 웃었습니다. 주위에 웃음소리가 넘쳐납니다. 나는 웃음을 멈추고 귀를 기울입니다. 미쓰야의 웃음소리뿐 아니라, 많은 웃음소리가 진동하고 있었습니다. 미쓰야의 모습을 찾아 나의 시선은 떠돌았습니다. 머리 위에서는 벚꽃 이파리가 미세하게 떨고 있었습니다.

"미쓰야?"

다시 웃음소리의 합창이 울려 퍼졌습니다. 그런데 이번에는 미쓰야의 목소리를 구분할 수 없었습니다. 나는 벌떡 일어나, '미쓰야!' 하고 불렀고, 그때까지 미쓰야가 뒹굴던 자리의 꽃잎을 헤쳐 보았습니다. 꽃잎은 새털처럼 날아올랐지만, 미쓰야의 모습은 없었습니다. 나는 반 미친 사람이 되어 미쓰야, 미쓰야, 하고 부르며 땅바닥을 두들기고 다녔습니다. 그저, 누구인지 알 수 없는 많은 웃음소리가 일렁일 뿐이었습니다.

이럴 거면 차라리 나도 함께 사라지면 좋았을 텐데, 똑같이 벚꽃 속을 뒹굴었는데 왜 미쓰야만 소멸하고 나만 남은 걸까요?

사람이 적은 이 세상에 나만 남았다는 건 살을 에는 듯한 쓸쓸함입니다.

나도 사라지고 싶다고 빌며 독기를 맡으면 될까 싶어 꽃에 얼굴을 대고 깊이 향기를 마시거나 꽃잎을 뿌려 꽃잎과 뒤섞이며 가만히 움직이지 않고 있어 보았습니다. 하지만 하늘하늘 꽃잎만 떨어질 뿐 아무 일도 일어나지 않았습니다. 해가 기울고, 흰 피부 같은 세계는 차가운 물빛 세계로 변해 가더니 이제 아무것도 보이지 않았습니다. 가로등도 없었습니다. 나는 가만히 고독을 곱씹으며 공터 옆에 있는 미쓰야의 집으로 돌아갔습니다.


다음날은 일어나자마자 집 뒤 공터를 향했습니다. 금빛 아침 햇살을 받은 벚꽃이 반짝였습니다. 눈부신 햇살 속으로 발을 내딛었습니다. 그런데 어제는 보지 못했던 작은 벚나무가 스포트라이트처럼 빛을 받으며 서 있었습니다.

미쓰야였습니다. 그렇게 말할 수밖에 없었습니다. 나무가 되었지만 미쓰야의 모습을 생생히 담고 있었습니다. 박제가 된 듯한 모습으로 양팔을 날개처럼 펼치고, 고개는 숙이고, 졸듯이 눈을 감고 있었습니다. 발은 나무와 한 몸이 되어 애매하게 서 있었습니다. 전체적으로 말라비틀어졌다고 할까 시들었다고 할까 미쓰야 본래 모습의 반 정도로 줄어 있었습니다.

가장한 채 잠든 거라고 볼 수밖에 없었습니다. 왜냐하면 얼굴만은 원래의 피부 빛 그대로였고, 미쓰야의 머리를 붙인 듯한 모습이기 때문이었습니다. 나는 '미쓰야' 하고 불렀습니다. 하지만 반응은 없었습니다. 머뭇머뭇 뺨을 만지자, 피부는 부드럽고 따뜻하지도 차갑지도 않았습니다. 코 아래 손가락을 대자, 가느다란 숨이 느껴졌습니다.

갑자기 일어날지도 모른다는 생각이 들어, 한동안 거기 앉아 미쓰야 나무를 바라보았습니다.

일어난 건 나였습니다. 나도 모르게 깜빡 졸았나 봅니다. 해는 높이 떠올랐습니다. 나는 미쓰야를 보고 깜짝 놀랐습니다. 얼굴이 커져 있는 겁니다. 커다란 복숭아색 구슬이 되어 무거워 보이는 모습으로 달려 있었습니다. 나는 그의 표정을 올려다보았습니다. 깊이 잠든 듯했습니다. 입을 조금 벌리고, 침을 흘렸는지 물기가 묻어 있었습니다. 코에서는 코 고는 소리로도 웃음소리로도 들리지 않는 천둥소리가 조그맣게 울리고 있었습니다. 그 소리에 맞추어 진동하고 있었습니다. 나는 머리가 떨어져 버리는 게 아닌가 싶어 제정신이 아니었고, 눈을 뗄 수 없었습니다.

얼마나 시간이 흘렀을까요? 주변의 소리와 공기로부터 단절된 이곳에서 시간은 천천히 혹은 빨리 지나가는 것 같았습니다. 응애, 하고 한층 커다란 잠꼬대를 하더니, 숨소리와 함께 웃음이라고도 할 수 없는 소리는 딱 멈췄습니다.

설마 숨을 거둔 것인가?

나도 모르게 복숭아색 구슬 쪽으로 다가갑니다. 구슬은 공기를 품어 커다랗게 부풀더니, 내 눈앞에서 펑 터졌습니다. 나는 뒷걸음질하다 엉덩방아를 찧었습니다. 그런 나를 놀리듯이 옅은 복숭아색 꽃잎을 가득 머금은 미쓰야 얼굴 꽃은 웃음소리를 냈습니다.

나는 넋이 빠져 그냥, 그냥 미쓰야의 얼굴 꽃을 바라볼 뿐이었습니다. 커다란 꽃잎에 둘러싸인 가운데 부분에는 여전히 미쓰야의 얼굴이 있었습니다. 색은 녹색을 띠었고, 눈썹과 속눈썹은 부풀어 꽃술처럼 노랗게 자라고, 그 한가운데는 암술로 보이는 것이 혀처럼 길게 뻗어 황록색 끝을 적시고 있었습니다. 눈동자는 나를 보고 있었기 때문에 아마도 나를 인식하고 있었겠지요.

"뭐야, 벚꽃은 입술이라더니, 미쓰야 꽃은 얼굴이네."

나는 투덜댔습니다.

미쓰야는 빙긋빙긋 웃기만 했습니다. 왠지 바보 같은 기분이 들어서 나도 웃었습니다. 그러자 주변의 벚꽃잎도 따라 웃기 시작했습니다.

옷으면서 나는, '그렇구나!' 하고 납득했습니다. 분명히 꽃들도 미쓰야처럼 원래는 사람이었던 거구나. 긴 시간이 흐르는 동안 서로 다가서면서 커다란 나무들이 되었겠지. 너무 가까이 다가선 나무들끼리는 자라는 동안 연리지가 되어 버리기도 하니까.

결국 벚나무는 사람의 화신. 벚나무 숲은 많은 사람이 모인 군락 같은 것. 그러니까 사람의 기운으로 가득한 것입니다.

하지만 어째서 사람이 벚나무가 되어야만 하는 걸까요? 잘 모르겠습니다. 너무 많아진 인간을 나무가 잡아먹은 것인지도 모릅니다. 옛날에는 온 지구가 사람으로 넘쳤다고 하니까요. 어떤 생물에게도 가장 가까이서 얻을 수 있는 영양분은 인간이었을 겁니다.

나는 일어서서 미쓰야 나무를 꼭 끌어안았습니다. 그저 나무를 안았을 뿐, 미쓰야라는 감각은 없었습니다. 미쓰야는 한층 짙은 웃음소리를 냈습니다. 기뻐하는 거라고 판단해 조금 변태스러워 망설여지기는 했지만 나는 미쓰야가 내밀고 있는 혓바닥 끝을 살짝 핥아 보았습니다.

미쓰야는 자지러지게 웃었습니다. 격한 웃음이 그치지 않아 얼굴이 찡그려질 정도였습니다. 얼굴을 너무 경련시킨 탓일까요? 꽃잎 한 장이 떨어졌습니다.

엥? 벌써 지는 거야?

초조해진 나는 웃음을 잠재우려고 나무껍질을 쓰다듬어 보았지만, 웃음은 잦아들지 않았습니다. 두 장, 세 장, 네 장, 꽃잎이 떨어지더니 결국 마지막 한 잎도 떨어져 버렸습니다. 어쩌면 나는 수분을 도운 것인지도 모릅니다. 꽃은 수분을 하면 지는 법이니까요.

녹색 얼굴이 드러난 미쓰야는 계속 웃었지만, 점점 차분해져 갔습니다. 그러더니 바싹 마른 긴 혀를 떼어 버리고, 얼굴을 흔들어 마른 수술도 털어냈습니다. 그리고 나를 한 번 흘낏 보고는 지친 듯 눈을 감고 잠에 빠져들었습니다.

그 뒤로는 오전과 똑같았습니다. 녹색 작은 머리를 늘어뜨린 채 미쓰야는 계속 잤습니다. 나는 해가 지기 전에 집으로 돌아왔습니다.


예상대로 다음 날은 미쓰야의 열매가 축구공 크기만큼 부풀었습니다. 머리는 무게를 이기지 못해 완전히 늘어졌고 얼굴은 가슴에 묻혀 보이지 않았습니다. 아직 솜털로 덮인 초록 표면은 아침 햇살을 받아 빛나고 있었습니다. 행운은 누워서 기다리라는 말이 있습니다. 나는 해가 높이 뜰 때까지 다시 한잠 자기로 하고, 벚꽃 이불 위에 누웠습니다.

눈을 뜨자 완전히 익어 태양처럼 빛나는 미쓰야의 열매가 내 앞으로 날아들었습니다. 황금빛으로 반투명해 보이는 열매의 과즙이 비치고, 햇살이 닿는 표면은 살짝 분홍빛이 돌았습니다. 나는 양손으로 열매를 감싸고 조심스럽게 돌려 땄습니다. 먹을 때가 된 열매는 꼭지에서 쉽게 떨어집니다. 조금이라도 힘이 들어가면, 부드러운 열매는 옴폭 패이고 맙니다.

나는 땅바닥에 책상다리로 앉아 다리 위에 미쓰야 열매를 놓았습니다. 매끈한 표면에서 얼굴의 형태는 사라졌습니다. 딱 가마가 있던 자리부터 껍질을 벗겨냅니다. 손톱을 세워 조금씩 껍질을 벗겨낸 순간, 풍부한 과즙이 쏟아져 나왔습니다. 나는 무심결에 빨아먹었습니다.

달아!

세상에 이렇게 달 수가. 그 자리에서 몸이 녹아 증발될 듯한 달콤함이었습니다. 멜론이나 복숭아나 망고를 합치고 거기에 휘발성을 높인 듯한, 형광색 맛이라고 하면 좋을까요? 이런 맛있는 과일, 아니, 음식은 처음이었습니다.

나는 욕심을 냈습니다. 껍질을 조금씩 벗겨서는 열매를 빨아먹습니다. 과즙과 과육 중간인 것 같은 열매는, 후루룩 빠는 것만으로 입안에 가득했습니다. 이런 거대한 열매를 혼자서 먹을 수 있을까 생각했지만, 눈 깜짝할 사이에 나는 미쓰야를 펼쳐 버렸습니다.

열매 한가운데 복숭아나 매실의 씨처럼 단단하고 커다란 주름투성이 씨가 있었습니다. 나는 골프공 크기만한 씨를 떼어 내 섬유질을 깨끗이 발라내고는 살펴보았습니다.

미쓰야의 얼굴이 그대로 있었습니다. 주름에 묻힌 늙은 미쓰야가 자고 있었습니다. 코도 입도 입술도, 작지만 섬세하게 만들어져 있었습니다. 사랑스러움이 솟아나서 나는 씨를 입에 넣고 빨았습니다. 혀로

감은 눈과 입술을 빨았습니다. 그래도 성이 차지 않아 결국은 삼켜 버리고 말았습니다. 목에 걸려 숨이 막힐 뻔도 했지만, 기합을 넣어 뱃속으로 밀어넣었습니다.

지금 내 몸에서는 벚꽃이 싹을 틔우고 있습니다. 겨드랑이 아래, 목 주변, 발가락 사이, 팔꿈치 안쪽에서 초록 싹이 돋습니다. 뿌리가 나오는 것도 시간문제겠지요. 그때까지 나는 새로운 장소를 정할 생각입니다. 이 공터와는 다른 어딘가에 나를 심겠습니다. 거기에서 우선은 미쓰야와 나라는 두 개의 꽃을 피울 것입니다. 고독을 견딜 수 없게 된 자와 완결되고 싶은 연인들이 조금씩 우리에게 합류하겠지요. 새로운 벚나무 숲의 시작입니다. 그리하여 지구상의 인간이 모두 벚나무가 되는 날을 기다리는 것입니다.

만개한 벚나무 숲은 언제나 사람의 기척으로 일렁입니다.

# 남은 씨앗 - 에필로그

불혹을 앞두고 소설가로는 도저히 먹고살 수 없어 방황할 때, 식물의 전당 '가라시야'를 만났다. 소설만으로 먹고살겠다고 고집하면서 다른 일을 일절 거절했더니, 기어이 아무 일도 들어오지 않았다. 쓰는 사람으로서 나는 의뢰인의 형편에 맞추어 다양한 글을 써 주기만 한다면 소설을 써도 괜찮아, 정도의 존재였던 것 같다.

결국 집도 잃고 어슬렁어슬렁 거리를 떠돌아다니던 무렵, '아르바이트 모집' 광고가 눈에 들어왔고 그 자리에서 면접을 본 곳이 '가라시야'였다. 음식의 호불호나 알레르기 유무에 대한 질문을 받았고 특별히 그런 게 없다고 대답하자 채용되었다. 잘 데가 없다는 사정을 털어놓자 담당 일자리가 생기기 전까지 창고에서 자도 좋다는 허락을 받았다.

창고라고는 해도 밖에 내놓기 전에 식물들이 대기하는 장소이기 때문에 춥지도 덥지도 않고 환기도 잘 되는 곳이었다. 밤에 불을 켜서는 안 된다는 것만이 인간인 나에게는 불편했지만, 오히려 원시 인간으로 돌아간 것처럼 건강해졌다.

연수생이 된 내가 맡은 첫 일은 수납과 팔 수 없게 된 식물 처리였다. 놀라운 일이었다. 팔만한 식물보다 말라서 팔 수 없어진 식물이 더 많았기 때문이다.

"이래서야 이익을 낼 수 있습니까?"

직원에게 물었다.

"이익이 나오는 가격을 붙이면 되죠."

나는 아연실색하며 '그건 바가지잖아'라고 중얼거렸다.

"그러면 호시노 씨, 식물의 가격이란 뭘까요? 그 가격이어야만 하는 이유가 있나요? 팔천 엔 하는 호접란과 백 엔 하는 다육 식물 사이에 왜 칠천구백 엔의 차이가 나는지 설명할 수 있나요? 그 가치의 차이란 무엇인가요? 식물의 우열입니까? 식물한테 우열이 있습니까? 무엇을 기준으로 가격을 붙이면 좋을까요? 대답할 수 있나요?"

채근을 당하자 나는 대답이 궁해졌다.

"그건… 수요의 차이일까요? 그리고 손질된 상태…?"

"그렇습니다. 별다른 답은 없습니다. 그러니까 채산에 맞는 가격을 붙이고 그래도 사는 사람이 있으면 폭리를 취하는 것도 별 문제가 아니잖아요? 식물에 가격을 붙여서 파는 데 합리적인 설명 따위, 달리 붙일 방도가 없습니다."

반론을 할 수 없었다. 하지만 모든 물건에 가격을 매기는 사람들은 다 똑같다는 생각이 들었다. 내 소설의 가격도 마찬가지겠구나.

그렇게 생각하니 실감이 났다. 오히려 팔리는 소설은 값이 싸서 사기 쉬워야 이익이 많아진다. 비싸다고 가치가 있는 소설도 아니다.

"결국 말이죠."

직원은 말을 이었다.

"판매대에 나온 멋진 화분과 이미 말라 버린 화분 사이에 가치의 차이는 없습니다. 사실 가격도 같은 겁니다. 빨간 꽃과 파란 꽃 정도의 차이밖에 없는 거죠."

"그렇다면 시든 식물 판매대도 만들면 되잖아요. 팔릴지도 모르니까요."

나는 고집스럽게 말했다.

"뭘 모르시는군요. 뭐, 신입이니까 어쩔 수 없죠. 여기가 왜 '가라시야'인지 모릅니까?"

"창업자가 가라시야 씨라든가, 그쪽 이름이겠죠."

직원은 고개를 내저었다.

"우리 회사 창업자는 미도리가와 미도리(綠川綠)입니다. 앞에서부터 읽어도 미도리가와 미도리, 뒤에서부터 읽어도 미도리가와 미도리."

나는 곤혹스러웠다. 직원은 아무렇지 않은 얼굴로 말을 이었다.

"사람들이 쳐다도 보지 않는 마르고 약한 식물을 모아 갖고 싶어 하는 사람들에게 나누어 줬어요. 돈을 내고 싶은 사람은 내고, 없는 사람에게는 거저 주었어요. 그렇게 했더니 돈이 벌리더군요. 그 정도가 아니에요. 살아 있는 식물을 사 가는 손님에게 시든 것도 괜찮으니까 신경 쓰지 말고 시든 것을 즐기세요, 그 사이 잡초가 자라고 또 새로운 시대가 시작될 거예요, 하고 권하는 게 우리 가게의 방침입니다."

"그러면 꽃집을 하는 의미가 없잖아요!"

"그렇게 생각하는 사람도 많았어요. 그래서 비웃는 말로 저 꽃집은 '하나야'가 아니라 '가라시야'라고 말했는데, 역으로 그 이름을 따서 가게 이름을 '가라시야'라고 부르게 된 겁니다. 식물의 생명 사이클 전체가 여기에 있다는 의미를 담아서."

"그러면 '가라시야'의 원점인 시든 식물을 판매하는 곳도 있다는 거네요? 어디죠? 보여 주세요."

직원은 경멸의 눈빛을 감추지 않은 채 나를 보며 충고했다.

"호시노 씨, 자신이 모르는 것에 대해 좀 더 솔직하고 겸허하게 받아들이는 게 좋아요. 아직 제대로 사정도 모르는 주제에 처음부터 불신을 그대로 드러내는 태도를 보여서야 상상도 할 수 없는 손님들의 폭넓은 바람을 이해할 수 없죠."

급소를 찔린 나는 기분이 나빠져서 입을 다물었다. 그랬다. 언제나 그런 태도였기 때문에 나는 일을 잃었고, 방황했으며, 도와주는 친구도 지인도 없었다.

"시든 식물이 늘어섰던 선반에는 손님들이 집에서 가지고 온 시든

---

\* 일본어로 꽃집을 하나야라고 하는데, 가라시야는 시든 꽃집이라는 뜻이다.

화분도 놓이게 되었죠. 그러자 팔리는 양보다 가지고 오는 양이 훨씬 많아져서 선반으로 감당을 할 수 없었어요. 그래서 선반은 없애고, 손님들이 가지고 온 중고 식물을 받아 리사이클하는 사업을 시작한 겁니다."

"중고 식물…. 왠지 기분 나쁜 말이네요."

"새로운 것에 가치가 있다고 생각하는 사람은 그렇게 말합니다. 낡았는가 새로운가는 시간 차이일 뿐이고, 심지어 식물은 더 커다란 사이클을 반복하며 살기 때문에 어느 때든 커다란 생의 흐름 가운데 하나일 뿐입니다. 가치의 문제가 아니에요. 가치로 말하자면, 어느 쪽도 가치는 마찬가지. 아까 가격 이야기와 마찬가지예요."

"식물의 가격이 있으나 없으나 마찬가지라면, 중고 식물은 어떤 기준으로 정한답니까?"

"담당자의 기분입니다. 중고 식물을 가지고 온 손님의 애정을 보기도 하고, 담당자가 그 식물이 마음에 들면 높이 쳐 주기도 하고, 기분이죠."

나는 그런 엉터리 기준에 더 이상 놀라지 않았다. 그걸로 됐어, 하고 점점 설득당하고 있었다.

"중고 식물을 가지고 오면, 새 식물과 교환해 주기도 하나요?"

"그런 경우도 있고, 돈으로 주는 경우도 있어요. 할인 포인트로 누적되기도 합니다."

"중고 식물을 받아 주면, 새로운 식물 구입으로 이어지게 하는 패스트 패션 류의 소비 촉진 작전 아닌가요?"

어차피 삐딱한 사람으로 보일 바에야, 나는 작정하고 물었다.

"그런 식으로 보는 사람에게는 그렇게밖에 안 보이겠죠. 하지만 리사이클 업무를 하는 동안 호시노 씨도 알게 될 거예요. 다른 게 보이기 시작할 테니까. 나한테 설명을 듣는 것보다 본인이 몸으로 느껴 보세요."

연수 기간을 마친 나는 교외의 숲속에 있는 리사이클 시설로 가게 되었다. 거기에 살면서 리사이클 업무에 전념하라고 했다.

'가라시야'의 각 매장에서 트럭으로 실어 오는 방대한 중고 식물을 화분에서 빼내어 흙과 식물 본체로 나눈다. 리사이클 가드너가 아직 살아 있다고 진단한 식물은 땅에 심거나 하우스에서 관리하며 회복시킨다. 시든 식물은 거친 분쇄기 같은 기계에 넣어 잘게 부순다. 잘게 부순 중고 식물은 비료를 만드는 거대한 탱크에 넣는데, 이 탱크에는 미생물을 포함한 재생용 흙과 오래된 흙도 함께 들어간다. 발효가 잘 되도록 탱크 내부 온도는 주변 환경보다 높게 설정되어 있고, 정기적으로 회전하는 날개가 통기성을 확보해 반 년 정도 지나면 비료가 완성된다.

리사이클 시설에서 일하는 직원은 여럿이었지만, 나는 비료 관리 담당으로 다른 직원과 얼굴을 마주할 일이 좀처럼 없었다.

사람이라고는 누구와도 얼굴을 마주하지 않고 말도 섞지 않고, 식물과 흙으로 뒤범벅되어 살면서 나는 식물에게 빨려들어 갔다. 비료 탱크들은 숲의 나무들에 둘러싸여 있어서 나는 비밀 기지에서 첩보 활동을 하는 기분이 들었다. 흙이 인간에게 바이오 테러를 하려 하고 나는 그들의 말단 부하다. 인간 따위 모두 비료로 만들어 주면 된다.

비료 탱크의 뚜껑을 열고 위에서부터 흙의 상태를 확인하다 보면 때때로 뛰어들 듯한 자세가 된다. 나 자신도 부서지고 분해되어 흙의 일부가 되고 싶다는 충동을 느꼈다.

흙은 살아 있는 미생물과 벌레, 말라버린 식물과 벌레의 시체, 배설물, 거기에 광물 등의 무기질로 이루어져 있다. 삶과 죽음이 하나로 섞여 구별되지 않는, 살아 있는 것과 죽어 있는 것의 트와일라잇 존이다. 나는 이미 애매한 트와일라잇 인간으로 변하고 있었다.

그 무렵이었다. 창조주, 크리에이터로부터 의뢰가 들어온 때는.

사람의 모습을 한 크리에이터는 《플랜티드(PLANTED)》라는 식물 잡지를 만들 테니까, 호시노 씨는 여기에서 식물들이 중얼거리며 나누는 이야기를 들은 걸 쓰면 된다고 했다.

이제 쓰는 일 따위 잊고 있었지만, 시작하고 보니 빠져들었다. 읽을 사람 생각 따위는 머리에서 사라졌다. 식물의 중얼거림을 어떻게 인간의 말, 내가 알고 있는 말로 바꿀 것인가, 그것이 어려우면서도 쾌감이 느껴지는 일이어서 나는 몰두했다.

그래, 분명히 나는 계속 들었다, 식물들의 대화를. 시들기 시작한 식물의 호흡, 이제 말라 부서지고 흙 속에서 발효되고 있는 식물들이 내는 소리, 그 양분을 먹으면서 발효의 주역이 되는 미생물의 호흡, 온도가 변화하여 공기가 내는 소리.

그런 것은 인간이 사용하는 말의 범주에는 들어가지 않을지도 모른다. 그러므로 그것을 언어로 바꾸고, 심지어 이야기로 만드는 일이란 인간이 멋대로 하는 망상에 지나지 않음을 안다. 그래도 나는 내 느낌이 잡아 낸 중얼거림을 이야기의 감각으로 재현해 보고 싶었다. 그렇게 하면 내가 중고 식물과 흙의 일부가 되는 듯한 기분이 들었기 때문이다.

「피서하는 나무」는 2021년 1월에 썼다. 실제로는 존재하지 않는 '오나무'의 기억에 귀를 기울였다.

2020년 5월로 거슬러 올라가, 비틀즈의 노래 「디어 프루던스」를 무심히 듣는데 갑자기 가사가 귀에 들어왔고, 바로 이거라고 생각했다. 코로나의 소용돌이 속에서 쓴 첫 작품이라 그늘이 드리워져 있기는 해도, 내용은 코로나 이전에 노래에서 들은 이야기다.

「기억하는 밀림」은 《플랜티드》에 네 번째로 연재한 작품으로, 식물이 기억을 축적하는 모습을 그렸다.

「스킨 플랜트」는 《플랜티드》에 두 번째로 연재한 작품인데, 내 소설 가운데 가장 화려하고 밝은 작품일지도 모른다. 나 자신도 강한 애착을 가지고 있다. 꽃들이 미래의 기억을 이야기하는 것이다.

《플랜티드》에 처음으로 실린 작품이 「고사리태엽」인데 이번에 수록하면서 후반부를 많이 고쳐 썼다. 여기에서 알게 된 식물전환수술의 모티브를 앤솔러지 『작가의 수첩』에서 여담처럼 전개한 작품이 「식물전환수술을 받기로 한 전 여자 친구를 설득하는 편지」다.

「인형초」는《플랜티드》에 세 번째로 실린 작품이다. 식물의 반란을 진압하는 특수 공작원 네오 가드너라는 존재는 물론 '블레이드 러너'에서 이미지를 따 왔다. 이름도 어감을 따서 '플랜트 헌터'라고 했는데, 플랜트 헌터는 제국주의 시대에 서양 열강을 위해 이익이 되는 식물을 식민지로부터 발견하는 존재로 실존했던 인물들이기 때문에 이번에 그 이름을 바꿨다.

네오 가드너 이야기의 두 번째 작품이「시조 독말풀」이다. 아즈마 마코토* 씨가 스스로 즐기기 위해 연 AMPP라는 기획전에서 대량으로 키운 흰 독말풀을 전시하면서 거기에 맞추어 이야기를 만들어 달라는 의뢰를 받아 쓴 작품이다. 이 작품은『흰 독말풀 밭을 잡아라』라는 책자에 실렸고, 아즈마 씨는 이 작품을 영상으로도 만들었다. 우리는 감쪽같이 흰 독말풀의 계획에 놀아난 셈이다.

「춤추는 소나무」는《플랜티드》에 실린 다섯 번째 작품으로 시리즈의 마지막 작품이 되었다. 이 작품이 게재된 호를 끝으로《플랜티드》는 휴간되었다. 아즈마 씨는 편애하는 소나무를 사용한 '식(式)'이라는 시리즈를 라이프 워크처럼 만들고 있는데, 그 소나무들로부터 내가 들은 이야기다. 등장인물은 내 친구들이 모티브가 되었다.

사카구치 안고의「만개한 벚꽃나무 아래」를 바탕으로 쓴 단편이「벚꽃 낙원」. 안고의 소설 머리의 한 문장으로부터 출발하여 다른 운

---

* 東信. 일본의 플라워 아티스트.

명을 걷게 된다. 벚꽃 이야기로는 가지이 모토지로의 「벚꽃나무 아래」
도 있는데, 이 작품에서는 벚꽃이 사체를 빨아먹으며 살기 때문에 그
렇게 요염하고 아름답다 말하고 있다. 벚꽃은 그런 발상을 인간에게
불어넣기를 좋아하는 것이다.

그리고 난이 중얼거리는 소리를 들어버린 나는 2020년 가을에 「샤
베란」을 썼다. 아니, 쓰지 않았다. 쓸 수 없었다. 내가 아는 말로 고치는
것이 불가능했다. 인간의 말은 무너져 버렸기 때문에 고쳐 쓸 수가 없
다. 그래서 나는 영원히 쓸 수가 없다.

# 샤베란

시작은 방울벌레였습니다. 방울벌레가 또르르또르르 우는 소리는 날개를 비벼서 내는 소리로 오른쪽 날개 끝에 까끌까끌한 돌기가 있어서, 왼쪽 날개 끝에 있는 손톱 모양의 마찰편이 그 돌기를 비벼서 내는 소리입니다. 초등학교에서 배우는 내용이니, 물론 알고 있었지만, 인터넷에서 방울벌레 날개의 확대 사진을 보고 뭔가 터무니없는 게 번득였습니다.

하지만 그것이 터무니없다는 것밖에는 무엇이 번득였는지 알지 못했습니다. 변의를 느끼기는 하는데 아무리 기다려도 나오지 않는, 지독한 변비 같은 답답함. 심지어 그 존재감은 끊임없이 자기주장을 해옵니다. 덕분에 의식을 벗어나지 못하고, 그것이 대체 무엇인지 눈을 뜨고 있는 동안 내내 생각하는 덫에 빠집니다.

주의력이 떨어지고 산만해져서 자주 사람이나 물건에 부딪히곤 했습니다. 사람들에게 무시당했고, 개들은 나를 향해 짖었으며, 비둘기가 싼 똥을 늘어뜨리고 다녔습니다. 온몸이 멍투성이였습니다.

멍하니 건널목 기찻길에 들어서 버린 일도 있었습니다. 물때가 낀 것 같은 기찻길의 돌을 문지르면 물때가 빠지는지 확인해 보고 싶었습니다. 그것도 내가 그렇게 하고 싶었다는 걸 깨달은 건, 경보기가 울리자 당황하여 기찻길 밖으로 나온 다음입니다. 왜 손에 돌을 쥐고 있는지 생각하고, 비로소 자신의 무의식적인 행동의 의미를 알게 된 것입니다. 양손에 쥔 돌들을 문지르며, '아닌데' 하고 중얼거리다가 던져 버렸습니다.

주택가의 집들이 무너진 빈터에 서 있는 나를 발견했습니다. 정신을 차리고 보면 잡초를 관찰하고 있었습니다. 꽃을 즐기거나 열매를 따기도 했는데 대부분은 이파리를 찢고 있었습니다. 쑥을 뜯어 쑥떡을 만든 날도 있고, 본 적 없는 풀을 통째로 파 와서 화분에 심은 날도 있었습니다.

가지고 돌아온 그 풀은 가느다란 줄기에 비해 커다란 잎이 무성했고, 무게를 견딜 수 없으면 땅 위를 기었는데, 넝쿨을 만들어 무언가를 감지도 않고 그저 이파리가 융단처럼 퍼져 나가며 잎 사이로 가느다란 물색이나 노란색, 복숭아색의 화려한 꽃이 가득 피었고, 나중에는 물고기 알처럼 투명한 야광의 오렌지색 열매를 맺었습니다.

하지만 무엇을 해도 번득였던 그것이 아니었습니다. 아니라는 것은 알지만 무엇을 찾는지 알 수 없어 답답했습니다.

맹렬한 더위가 물러나고 가을벌레가 울기 시작한 날의 깊은 밤, 보름달 아래 큰달맞이꽃이 흐드러지게 핀 빈터에 들어서려던 참이었습니다. 결국 방울벌레를 잡고 싶었던 것뿐인가, 하고 낙담했지만, 그런 쉬운 결말을 위해 어려운 나날을 견딘 건 아니었습니다.

그 빈터는 모든 풀이 가슴께까지 자라 수풀을 이루고 있었습니다. 헤치고 들어가려면 각오를 해야 합니다. 모기가 물어댔습니다. 억새잎이 맨손을 베었습니다.

왼손 손등에 날카로운 통증이 지나가며 깊은 상처를 남겼고, 피를 빠는 순간, 억새잎 끝을 확대한 사진이 떠올랐습니다. 내 눈이 현미경 렌즈가 된 것처럼. 이파리 끝은 톱니처럼 뾰족뾰족해서 사람의 살을 뱁니다.

뾰족뾰족한 것입니다. 눈으로는 잘 보이지 않을 만큼 가늘고 날카롭습니다. 그래서 또 다른 이파리 끝에 문지르면 가을벌레 같은 음색을 내는 것이죠.

그런 거였구나! 드디어 알아냈습니다. 그때 내 안에서 노래하는 풀의 존재가 번득였던 것이로구나, 하고 납득이 갔습니다.

노래하는 풀이 어딘가에 있다. 만약 없다면 내가 만들어 내겠다.

얼른 억새잎을 잡아 끝을 비벼 보았는데 멋도 없는 마찰음이 사각사각 작게 울릴 뿐이었습니다. 그야 그렇겠죠. 까칠까칠한 애들끼리 문질러 봤자 까칠까칠한 소리밖에 더 나겠습니까? 방울벌레도 왼쪽 날개에는 까칠까칠한 돌기를 문지르기 위해 단단한 마찰편이 붙어 있으니까요. 우선은 억새잎 한쪽을 마찰편으로 만드는 일부터 시작해야 합니다.

물론 한 줄로는 안 되죠. 엄청난 시간을 들여 까칠까칠한 곳이 없어진 돌연변이 이파리를 찾아내 교배하여 야무지게 마찰편이 붙은 이파리로 만들어 가야 합니다.

단순히 손톱 모양을 하고 있다고 되는 건 아닙니다. 까칠까칠한 잎과 문질러 아름답게 울려야 합니다.

악기 명장이 바이올린을 만들 듯, 마찰편의 형태를 미묘하게 조정하여 어엿한 한 포기로 완성시키는 과정은 굽이치는 강이 초승달 모양의 호수가 되어 가는 걸 기다리는 것만큼 인내심이 필요했습니다.

손톱이 있는 억새와 까칠까칠한 억새가 섞인 억새밭은 머리도 이도 다 빠져 버리고 귀조차 혼자 힘으로는 잘 듣지 못할 만큼 나이가 들고 난 뒤에야 완성되었습니다.

억새밭에 소박한 집을 지어 제자들과 머물면서 작업을 했고, 키가 충분히 자란 가을, 바람이 남쪽에서 북쪽으로 바뀌는 밤, 또르르또르르 섬세한 소리가 울려 퍼졌습니다.

창도 문도 열어젖히고, 달빛에 빛나는 들판에 바람이 일렁이며 억새잎 문지르는 모습을 제자들과 바라보았습니다.

바람의 강도나 방향에 따라 여러 가지 음색으로 변화합니다. 마치 무수한 풍경이나 글라스 하프가 춤을 추며 음악을 연주하는 것 같습니다. 그 유리의 질과도 금속 질과도 다른 섬세하고 속절없는 선율과 불협화음에 지치자, 깨지기 쉬운 자신이 균열하는 듯한 환상적인 합주가 울려 퍼졌는데, 듣는 사람이 제정신을 유지하기 어려울 정도였습니다.

발명한 사람이 죽은 뒤, 제자들은 '글라스 그라스(Glass Grass)'라는 이름의 작은 회사를 만들고, '노래하는 억새'라는 이름을 붙여 팔기 시작했습니다.

겉보기는 보통 억새와 다르지 않아 처음에는 잘 팔리지 않았습니다. 베란다에서는 자리를 너무 차지하고, 정원이 있는 집은 일부러 억새를 심지 않기 때문입니다. 실내용 미니 화분도 바람이 불어 잎이 부딪히지 않는 한, 잡초나 마찬가지기 때문에 팔리지 않았습니다.

글라스 그라스, 약칭 글라그라의 직원들은 게릴라 가드닝 작전을 펼쳤습니다. 사람들이 방심한 틈을 타 주택가 여기저기 빈터에 들어가서는 노래하는 억새를 심었습니다.

지나가다 그 소리를 들은 사람은 자기도 모르게 걸음을 멈추어 버렸죠. 길모퉁이에서 마치 반도네온이 울리는 듯한 소리를 듣기라도 한 것처럼, 순간적으로 마음을 빼앗겨 소리가 나는 곳을 눈으로 좇습니다. 설마 억새라고는 생각지도 못했습니다.

도시에 음악처럼 우는 신종 벌레가 늘어나고 있는 것 같다는 소문이 퍼질 무렵, 글라그라는 홈페이지와 광고에서 그 정체가 노래하는 억새라는 사실을 밝혔습니다. 노래하는 억새가 우는 동영상도 올렸습니다. 달빛 내리는 들판에서 억새의 연주를 들으며 컬러풀한 타이즈를 입은 사람들이 춤에 열중하는 포스터도 만들었습니다.

효과는 예상을 뛰어넘었습니다. 빈터에는 사람이 몰려들고 그중 인기 있는 곳에서는 직원들이 실제로 연주를 하며 판매했습니다. 거리에 놓인 피아노를 연주하듯 노래하는 억새 연주를 하려는 뮤지션도 나타났습니다. 바람에 맞추어 전등을 점멸시키는 아티스트도 있었습니다. 즉흥적으로 라쿠고*를 하거나 그림을 그려 팔거나, 전혀 관계없는 음식 노점을 내는 사람도 있어서 작은 축제와도 같았습니다.

이렇게 환상적인 모습 덕분에 노래하는 억새는 '날 수 있는 그라스'라고도 불렸습니다. 업계에서는 줄여서 '그라스', '풀', '이파리'라 부르기도 했습니다.

그리하여 사람들은 모두 뽑아낼 듯이 노래하는 억새를 사 갔습니다. 번화가 길가에도 심고, 베란다에는 화분이 놓였습니다. 바람이 거칠게 부는 날은 유리질 음원이 어지러이 반사되어 세계가 반짝였습니다. 행복감에 휩싸인 사람들이 속출하여 일을 내팽개치기도 했습니다.

노래하는 억새는 이삭을 내긴 하지만 싹을 틔우지 못하고 겨울이면 뿌리째 시들기 때문에 개체를 늘릴 수 없었습니다. 특허를 가진 글라그라의 엄중한 관리 아래 독점 생산되는 인조 식물이었습니다.

노래하는 억새를 늘릴 수 없다면 유사 상품을 만들라, 머지않아 소리 나는 식물 개발 붐이 일었습니다. 그로부터 몇 년간은 괴상한 식물

---

* 落語. 일본의 전통 만담. 한 사람 혹은 두 사람이 일정한 박자와 음률로 노래하듯 이야기하는 공연 예술.

이 연달아 등장했습니다.

씨앗이 튀어나올 때 '쟝' 하고 징글벨을 울리는 봉숭아, '딴!' 하고 피아노 소리를 내거나, 큰북의 합주 소리를 내거나, 세상에 도장 찍는 소리나 스마트폰 알림 소리도 나왔습니다. 꽃이 피는 순간 사방으로 튀듯이 큐우-팡, 하고 파열음을 내는 도라지. 총소리가 나는 나팔 백합. 달빛을 받으면 늑대 소리를 내는 달맞이꽃. 흐드러지게 핀 네모필라 군락은 바람이 불 때마다 쏴아쏴아 파도 소리를 옮기는데 마치 말 전하기 게임을 하는 것 같았습니다. 꽃이 피면 짙은 향기와 함께 깊은 한숨을 쉬어대는 백서향, 분홍 재스민, 금목서. 숨을 불어넣으면 웃음소리를 내며 꽃이 빨갛게 변하는 취부용과 수국. 쭉 뻗은 넝쿨에 바람이 불거나 잎이 부딪힐 때마다 아코디언 같은 풍금의 음색을 연주하는 수세미, 여주, 스위트피와 완두콩 등의 콩과 식물. 라벤더는 방울 소리의 대 합주. 잎이 두꺼운 팔손이는 박수를 쳐서 아무리 복잡한 리듬이라도 새길 수 있습니다.

싸구려 상품에는 소리가 나는 튜브가 박혀 있지만, 모조품은 금방 망해서 실제로 소리를 내는 식물만이 시장에 살아남았습니다. 모종을 키우는 육묘가와 음악가가 공동 개발을 하는 일이 많았습니다.

이즈음 텔레비전 방송국에서 식물의 전당 '가라시야'를 찾아 방문객과 한 인터뷰가 크게 화제가 되었습니다.

"여기에 자주 오십니까?"

"네, 시간 있을 때는 대체로요. 대체로 시간이 있긴 하지만요."

"그건 노래하는 억새의 종달새 버전이군요?"

"아, 이거. 작은 새 시리즈인데 좋아해요. 모란앵무랑 문조도 기다리고 있습니다."

젊은 남성은 인터뷰를 하는 여성 기자에게 평범해 보이는 억새 화분을 주었습니다.

"작은 새를 좋아하시나요? 진짜면 안 되나요?"

"네? 이거, 가짜 아니에요. 글라그라 진품이에요."

"진짜 새면 안 되냐는 의미입니다."

"아아, 안 돼요. 언젠가 죽잖아요."

"억새도 시들잖아요."

"시드는 것과 죽는 것은 다릅니다."

"식물의 입장에서 시든다는 건 죽는 게 아닙니까?"

"그렇게 생각하고 싶어지지만, 달라요. 음, 작은 새는 한 마리 두 마리 셀 수 있죠?"

"그렇죠."

"죽을 때는 한 마리 단위지요?"

"다섯 마리 죽으면 다섯 마리 죽었다고 센다는 뜻인가요?"

"그렇죠, 그렇죠. 하지만 억새는 그걸 알 수가 없어요."

"지금 들고 계신 억새가 시들면, 두 포기 시들었다고 할 수 없나요?"

"이거요?"

그는 한 포기를 가리키며,

"출하되기 전에는 글라그라에서 좀 더 커다란 하나의 포기였을지도 모르지 않습니까? 그걸 몇 개로 쪼개어 팔았을지도 모르고요."

"아아, 그럴 수 있겠네요."

"결국 말이죠, 풀의 경우, 무엇을 하나라고 부를 수 있는가 하는 이야기예요. 어디에서 구분지어 각각이라고 생각하면 좋을지 알 수 없어요. 예를 들어 저와 기자님은 혈연관계가 아니잖아요?"

"그렇죠."

기자의 목소리가 강해졌습니다.

"어디부터 어디까지가 나이고, 어디부터 기자님인지 고민할 게 없지요."

기자는 고개를 끄덕였습니다.

"왜 그럴까요?"

"그거야 생각도 감정도 다르니까요."

답이 뻔한 질문을 왜 하냐는 듯 기자는 조금 화난 목소리로 대답했습니다.

"그렇지요? 뇌가 다르니까요. 나와 기자님이 다른 개체라고 생각하는 이유는 각각 하나의 뇌와 심장을 가지고 있기 때문이지요."

"아아, 뇌와 심장 하나씩 가지고 있으니까 한 사람, 두 사람, 한 마리, 두 마리 하고 셀 수 있다는 거군요."

"이해가 빠르시네요. 자신과 자신이 아닌 것을 나누는 건, 뇌와 심장이 조절하는 몸의 범위가 있기 때문이죠. 한 개의 심장과 뇌에 하나의 개체. 인간도 동물도 곤충도 마찬가지죠. 그럼 식물은?"

"심장도 뇌도 없네요….."

"그렇죠? 그러니까 어디서 구분 지으면 좋을지 알 수 없는 거예요. 구분 지을 수 없으니 개체라고 할 수 있는 방법이 없죠. 그러니까 셀 수 없어요. 그리고 죽었는지도 알 수 없고요. 보세요, 죽는다는 건 심장과 뇌가 정지하는 게 아닙니까?"

"심장이 없으니까 시드는 건 죽는 게 아니다, 그런 뜻인가요?"

"의미가 달라요. 어디까지가 개체인지 알 수 없기 때문에 이 억새는 죽었다, 시들었다, 하는 식으로 말해도 그건 인간이나 동물의 가치관을 대입한 것일 뿐이지요."

"하지만 그 억새도 때가 되면 시들겠지요. 그러면 살아 있는 건 아니잖아요. 노래하는 억새는 뿌리째 시들어 버리니까 봄이 되어도 다시 새싹을 내지 않고요. 그건 목숨이 다한 것 아닌가요?"

"그러네요. 뭐라고 말하면 좋을까요? 옳지, 예를 들면 손톱을 깎잖아요."

"손톱이요?"

"머리카락이나 수염도 좋아요. 피부도 좋고요. 요컨대 자신의 몸이지만 오래된 세포는 죽어서 몸으로부터 배출되잖아요. 날마다 수많은 세포가 자신 안에서 죽죠. 하지만 그걸 '나는 죽었다'고 말하지는 않습니다. 아무리 세포가 죽어도 개체가 죽은 것은 아닙니다. 식물이 시드는 것도 그것과 비슷하다고 할까요?"

"극단적으로 말하면, 뇌와 심장이 없으면 생물은 죽었다고 할 수 없다는 건가요?"

"대충 그런 거지요. 죽음이라는 현상이랄까 개념은 심장과 뇌를 가진 생물에 해당하는 사이클입니다. 태양이 없으면 낮과 밤을 나누는 것도 의미가 없죠. 심장과 뇌가 있으니 죽음이라는 구별이 필요한 거라고 생각해요. 생명이 끝나는 방식은 여러 가지가 있어서 죽는다는 끝내기 방식은 그 일부에 지나지 않습니다. 식물은 시들지만, 죽음과는 무관합니다."

"음… 저, 그럼 진정한 생물인 작은 새는 죽으니까 안 되고, 죽음과는 무관한 식물인 억새라면 시들어도 좋다는 감각의 차이에 대해 좀 더 가르쳐 주실 수 있습니까?"

"그거야, 이 억새가 시들면 나도 섭섭하겠죠. 하지만 새를 키우다가 죽으면 가책이 남지 않습니까? 미안하고, 잘못한 것 같이 켕기는 마음. 하지만 억새가 집에서 시들어도 죄책감은 없습니다."

"죄책감은 죽는다는 감각으로부터 나오기 때문입니까?"

"잘 모르겠지만, 뭐랄까, 억새에 대해서 내가 할 수 있는 건 없어요. 내가 관계되어 있다고 생각하는 건 주제넘은 생각이에요. 진짜 작은 새는 내가 보살필 책임이 있지만, 억새를 위해 나는 아무것도 할 수 없으니, 그런 관계는 성립하지 않습니다."

"물을 안 주면 시들잖아요."

"그러네요. 환경을 관리해 주면 싱싱해지고 꽃도 멋지게 피죠. 그건 그래요. 하지만 식물은 자기 내키는 대로 살아 있는 것입니다. 내 덕에 살아 있는 게 아니에요. 내가 보살피는 것도 아니고요."

"죄송하지만 점점 더 모르겠습니다. 그러면 어째서 노래하는 억새를 그렇게 사는 겁니까?"

"멋대로 살아 있는데도, 내가 숨을 불어 주면 아름다운 소리가 울려 퍼지고, 바람이 부는 곳에 내놓으면 음을 연주하죠. 억새의 생각과 관계없이요. 그러니까 나는 단지 바람과 같은 겁니다. 자신이 단순한 바람이라든가 햇볕이라든가 그런 현상과 같은 수준이라고 느끼면, 굉장히 편해져서 기분이 좋아지지 않나요?"

"그렇군요. 시간 내 주셔서 감사합니다. 남은 시간 천천히 즐거운 쇼핑하시기 바랍니다."

선문답 같은 인터뷰에 공감의 바람이 일었습니다. 알아, 알아, 심장과 뇌가 없는데도 나한테 반응해 주니까 좋은 거지, 억새의 생각 같은 거 지겨워.

그런 거라면 시리 같은 인공 지능과 대화하거나 로봇으로 충분하다는 지적에는, 거기는 생물이라는 게 중요하고 의미를 주고받지 않아도 생물은 관계할 수 있다는 점이 좋은데, 인공 지능이라든가 하는 건 생각이 있는 척을 하는 거라는 반론. 또다시 뜨거운 지지를 얻었습니다.

엄청난 이익을 거머쥔 글라그라는 그 무렵, 정말 그 영역의 연구를 완성시키고 있었습니다.

세상이 소리 나는 식물의 완성을 위해 기를 쓰는 동안, 더욱 앞서나가 말하는 풀의 개발을 준비하고 있었습니다.

처음에 발매된 풀은 단순했습니다.

최근에 들은 사람의 말을 축적하고 반복하는 포토스, 끈질기게 기억시킨 말을 무작위로 말하는 일일초, 햇살이 닿아 흔들리면 거기에 대응하는 문장을 중얼거리는 크리스마스로즈나 시클라멘.

개발을 진척시키면서 다른 식물과 능력 차이를 발견한 게 난이었습니다. 꽃을 피우는 동안으로 한정되지만, 말을 걸면 대답을 하는 것입니다.

"안녕, 잘 지냈어?"

"카레라이스가 먹고 싶어요."

"컨디션은 어때?"

"담배 한 대 피울게요."

"오늘은 좀 우울해. 뭔가 즐거운 이야기 좀 해봐."

"정말 화가 나네요! 방구를 뀌어 주세요!"

"축하해!"

"됐어요."

노린 것은 아닌데, 엉뚱한 대답이 돌아오는 게 난의 한계였습니다. 하지만 이 신기한 회답이 인기가 있어서, '샤베란'은 사람들을 끌어모았습니다. 어딘가 어긋나지만, 프로그램 법칙이 투명하게 보이지 않아서 잡담의 만족감을 완전히 충족시키는 대화가 세상 사람들을 사로잡았습니다.

용모도 어휘도 꽃의 시기도 다른 여러 품종의 샤베란이 태어났습니다. 자신의 이야기만 하는 '나님', 엉뚱한 정도가 남다른 '모레', 미사여구만 늘어놓으며 낭독하는 '다카라즈카'*, 아첨을 잘하는 '알랑방구란', 입이 거칠고 유쾌한 '마라도나', 말이 어눌한 '켄상'**.

게다가 목소리에 중독성이 있었습니다. 인공 지능처럼 합성한 느낌이 아니고, 그렇다고 사람 목소리도 아닙니다. 스스로 생각할 때 마음속에 울리는 목소리라고 하면 괜찮을까요?

샤베란에 빠진 사람은 화분을 몇 개씩 사서 일 년 내내 꽃이 피는 상태가 아니면 견딜 수 없어집니다. 말을 걸면 여러 개의 꽃이 제멋대로 대답을 하는 게 기분 좋은 것입니다.

가정집뿐 아니라, 회사의 안내 데스크, 각종 고객 센터와 상담 센터, 텔레비전과 라디오 방송국, 경찰서, 학교 등 모든 업종에 샤베란이 채용되었습니다.

그리고 깨닫습니다. 의사소통 따위 굳이 안 된다 해도 어떻게든 통한다는 걸. 오히려 구체적인 부분까지 완전히 이해하려고 하면 서로 어긋나는 게 분명해져서 용서할 수 없는 기분이 솟아나기 때문이라는 걸 알게 되는 거죠.

사람들은 점점 서로 대화하기를 꺼렸습니다. 아무리 엉터리 같아

---

* 1913년에 창단한 일본 여성 뮤지컬 극단 이름.
** 일본의 배우이자 가수인 다카쿠라 켄이 입버릇처럼 '말을 잘 못 하니까'라고 한 데서 차용한 것.

도 관계가 망가지는 일 없고 자신도 상처 입지 않는 샤베란과 수다를 떨다 보면, 굳이 사람들과 대화하며 압박을 느끼는 게 바보스러워졌습니다.

이때 작은 논쟁이 일어났습니다. 이즈 음향파와 코슈 언어파가 대립하여 서로를 비판했습니다. 노래하는 억새는 이즈반도에 농장이 있었고, 샤베란은 코슈 분지의 온실에서 연구 개발했기 때문에 각각 이즈와 코슈 이름을 딴 감정싸움이 되었습니다. 양쪽 모두 '후지산은 우리 것'이라고 생각하던 지역이라서 감정싸움은 치열했습니다.

이즈 음향파의 주장은 이렇습니다.

노래하는 억새로 시작한 소리 내는 식물은 소리라서 좋은 것이지 말을 하는 건 별개 문제다. 말은 의미를 갖게 되어 아무리 황당무계한 대화더라도 식물과 자신의 관계에 의사 표현이 생겨 버린다. 그러면 우리는 단순히 잎을 흔드는 바람과 같을 수 없어진다. 식물에 의지하고 식물을 이용하는 이기주의자일 뿐이다.

여기에 대응하는 코슈 언어파는 이즈 음향파를 이상론자라며 비웃었습니다.

인간이 말을 버릴 수 있다고 생각하다니, 행복하겠군요. 말로부터 떨어질 수 없다는 불행한 숙명을 인정해야만 비로소 말이 의미를 버리고 단순해지는 순간을 느끼게 되고, 그때 비로소 무아의 경지를 경험하는 게 아닐까요? 샤베란은 말이 의미라는 개념과 단순한 소리라는 개념 사이에 있습니다. 그러니까 샤베란을 통해서만 우리는 노래하는 억새 그 자체가 될 수 있습니다.

억새 정원을 갖고 싶어서 이즈 오오히토 온천 공영 주택 1층으로 이사한 나는 음향파였습니다. 처음에는 샤베란에게도 빠졌지만, 점점 성가셔져서 머리를 쓰지 않아도 되는 억새 쪽으로 돌아갔습니다. 하지만 세상의 추세는 코슈 언어파로 기울어가기만 해서 음향파는 시대를 쫓아가지 못한 보수파 취급을 받았습니다. 나는 싫증이 나서 이즈에 틀어박혀 소리만 내는 풀에 둘러싸여 지냈습니다.

가을 단풍 시즌이었습니다. 단자와라는 곳에 노래하는 억새 자생지가 있다는 극비 정보를 역시 나처럼 세상에 등 돌린 채 은둔하는 이즈 음향파의 동료로부터 들었고, 그 사실을 확인하고 싶어진 것은 행운이었습니다.

스스로는 번식할 수 없을 터인 노래하는 억새가 자생하고 있다니. 글라그라가 심어 놓은 들판이 아닐까 싶었지만, 그렇지 않고 언제부터인가 존재했다는 것입니다. 단자와뿐 아니라, 일본 어디에나 그런 자생지가 늘어나고 있다는 겁니다.

샤베란이 인기를 얻고부터 외면당한 노래하는 억새는 빈터 등에 버려졌고, 겨울을 넘겨 번식력을 가지게 된 개체가 나타나기도 하면서 자생한 게 아닐까 하고 그 친구는 추측했습니다.

　인조 식물이었지만, 식물에게는 환경에 바로 적응하는 힘이 있는 것이겠지요.

　나는 소문으로 들은 자생지에 가 보았습니다. 등산로에서 멀리 떨어진 곳이어서 설령 필요 이상 멀리 돌아간다 해도 지시받은 경로를 따르지 않으면 도착할 수 없거나 돌아오지 못하게 된다고 들었습니다. 나는 그것이 업계에 들어가는 의식 같은 것이라 해석했고 산에서 산다는 각오로 입산하여 가르쳐 준 길을 따라 무사히 도착했습니다.

　터키블루로 맑게 갠 가을 하늘 아래, 억새는 바람을 헤엄치며 유리질과 금속성 소리로 연주할 뿐 아니라, 현악기나 피리 소리, 사람의 목소리까지 내고 있었습니다. 그 어떤 음악과도 닮지 않았습니다. 억새는 계속 변화하고 있습니다.

　아무도 없고, 아무도 듣지 않는 산 정상의 평원에서 인간이 억지로 만들어 낸 풀들이 인간과는 이미 관계없는 새로운 식물로 독자적인 진화를 시작하여 인간의 지각으로는 도저히 닿을 수 없는 음악을 조용히 연주하고 있었습니다. 나는 나 자신이 사람으로부터 분리되어 나간 기분을 맛보았습니다. 인간이 아닌, 인간보다 정말 조금 나은, 무언가 새로운 생물로 변용해 갑니다.

　물론 그것은 착각입니다. 나는 나인 채로 있습니다. 하지만 정말 짧은 순간이지만 나는 여기에서 억새들과 있어서 좋다고 생각했습니다. 그것은 매우 자연스러운 행보라고 느껴졌습니다.

노래하는 억새는 인간의 욕망으로 만들어진 게 아니라, 지구의 환경이라는 힘에 의해 태어났고 그에 의해 땅의 생물들도 조금씩 달라지기 시작했기 때문이라는 걸 나는 이해했습니다. 그것은 의미가 아니라, 균형의 작용이라는 걸.

예를 들면 바다에서는 중력과 달의 인력과 바람과 해류 등 여러 힘이 복잡하게 작용해 파도가 솟아오르고 너무 솟아올랐다 싶으면 무너집니다. 거기에 의미는 없습니다. 그런 파도의 메커니즘과 마찬가지로 노래하는 억새가 태어났고 노래하는 억새가 자생하는 평원에서 인간은 조금씩 변화하는 것입니다.

우연이든 의도적이든 이곳을 방문하여 나처럼 인간의 균열로부터 다른 생물로 변화하는 환영을 본 사람이 또 있겠죠.

나는 자족감에 넘쳐 평원 구석에 텐트를 쳤습니다. 해가 지면 산 능선이 점점 짙어지고 붉은빛에서 루비, 가넷, 자수정, 사파이어블루 빛깔로 넘어가는 하늘을 무심히 바라보았습니다. 낮과 밤이 바뀌는 협곡에서 세차게 부는 바람은 억새의 음색을 빛나게 했고, 그 소리에 둘러싸여 나는 물을 끓여 컵라면을 먹고 홍차를 마셨습니다.

완전히 차가워졌습니다. 하늘 가득한 별빛 아래 바람은 잠잠하고 억새의 음악도 부드러워졌습니다. 나는 텐트에 들어가 소리에 취하며 잠이 들었습니다.

어둠 속에서 사람의 속삭임이 들려 눈을 떴습니다. 새벽 세 시를 지나고 있었습니다. 장소가 장소인만큼 이 시각에 사람의 이야기 소리가 들리니까 조금 무서웠습니다.

나는 조심스럽게 텐트의 틈으로 밖을 엿보았습니다. 하늘은 구름에 덮이고 달도 별도 보이지 않았습니다. 바람은 잠들기 전보다 강해졌고, 억새 소리는 톤이 높아졌습니다. 그 음향의 틈새로 소곤소곤 이야기 소리가 섞여 들려왔습니다.

나처럼 노래하는 억새의 자생지를 방문한 사람들이 한밤중 라이브를 즐기고 있는지도 모릅니다. 나는 목소리가 들리는 방향으로 천천히 걸어갔습니다.

평원에서 떨어져 잡목림이 시작되는 언저리였습니다. 드문드문 자란 편백나무에 숨듯이 상대를 엿보았지만, 나무 그늘이라서 모습은 보이지 않았습니다.

다가설수록 목소리는 명료해졌지만, 내용은 도저히 알아들을 수 없었습니다.

에이, 그저 그래, 하는 정도만 알아듣고 나는 맘을 바꾸어 일어서서 헤드램프를 켜고 속삭이는 소리를 향해 '안녕하세요!' 하고 커다란 소리로 인사를 했습니다.

헤드램프는 아무도 비추지 않았습니다. 빛 속에는 풀과 나무만 있을 뿐이었습니다.

하지만 반응이 있었습니다. 빛을 비춘 그 아래 풀들이 일제히 나를 보고 있었던 것입니다!

이 표현은 정확하지 않습니다. 풀들은 얼굴이 없을 뿐 아니라 눈도 없으니 나를 본 것은 아닙니다. 바람이 불자 쏴아 소리를 내면서 내 쪽으로 이파리가 향하거나 했겠지요. 그래도 나는 '보았다'고 느꼈습니다.

내가 모르는 평범한 들판의 풀이었습니다. 꽃도 없었습니다. 종류도 가지가지였습니다. 그 풀들이 다시 이야기를 하는 겁니다.

"진짜후코자카스기?"

"네콘가람지할시타."

"못케에!"

"맛쿠스아남바란앙씀."

내게는 이렇게 들렸습니다.

그걸로 충분했습니다. 나는 발길을 돌려 뒤도 돌아보지 않고 텐트로 돌아왔습니다. 그리고 침낭에 쏙 들어가 귀마개를 하고 위스키를 홀짝거리면서 잠들지 못하는 밤을 지새웠습니다. 노래하는 억새밭에 내가 있다는 사실이 자연스럽지가 않았습니다.

해가 뜨자, 도망치듯 집으로 돌아왔습니다.

현관 열쇠를 여는 순간, 이웃집 아주머니가 쓰레기를 버리러 나와 나는 언제나처럼 인사를 했습니다. 늘 웃는 얼굴의 아주머니는 '좋은 아침입니다!' 하고 인사한 뒤, '나루곳타쿠미!'라고 말했습니다.

무슨 소리인지 못 알아들은 나는 '네?' 하고 되물었습니다.

"노루마루마스네모데."

아주머니는 미소 가득한 얼굴로 말했습니다.

나는 '아아!' 하고 이해했다는 표정으로 인사를 하고 집으로 들어갔습니다. 대체 그 밖에 어떤 반응을 보일 수 있을까요!

집에는 아무도 없었고, 긴장이 풀린 나는 울음이 날 것 같았습니다.

대낮부터 욕조에 몸을 담갔고, 피로가 풀리면서 곧바로 잠이 들었습니다.

눈을 뜨니 여섯 시, 어스름이 깔려 아침인지 저녁인지 헷갈렸는데, 문 앞 우편함에 신문이 꽂히는 소리가 났으니 아침이었습니다. 스무 시간 가까이 잠을 잤습니다.

인스턴트커피를 마시면서 신문을 읽었습니다. 세상 아무것도 이상한 일은 일어나지 않았습니다.

이제야 제정신이 돌아온 안온함에 잠겼습니다. 창을 열고 우리 집 정원에 난 억새의 아름다운 노랫소리에 귀를 쫑긋 세웠습니다. 억새에서 나는 참새나 직박구리나 박새 소리가 어우러져 나의 안온한 일상을 소리로 표현해 주었습니다.

저녁에는 역 근처에 있는 슈퍼마켓으로 아르바이트를 하러 나갔습니다.

역에서는 역무원이 "곧이어, 일번 선로에 열차나마하에리기구기"라고 방송을 합니다.

그 열차를 탔습니다. 녹음된 목소리는 "다음은 마나키나마마야마, 하와이마마나와. 모치구노피 오른쪽마 문이 열려시"라고 알려 주었습니다.

정신을 차리고 보니 나는 이미 슈퍼의 계산대에 있었습니다. 계산대 옆에는 내가 이전에 사 놓은 샤베란 화분이 있고, 내가 '포인트 카드 있으십니까?', '봉투는 필요하십니까?', '감사합니다' 할 때마다, 연지색 띠가 있는 산비취색 꽃이 '응무구카이나쿠부리마', '넛케스쿠탄쓰쿠토쿠', '늦뿌야, 메쿠리미마슨지', 하고 반응했습니다.

옆자리 계산대의 남자 아르바이트생이 계산기 문제가 생겨 내 쪽으로 왔습니다.

"굿타네노바. 신경비키시쿠야마바츄라쿠."

그는 미간에 주름을 잡고 말했습니다.

나는 "노치미나카이모쿠부."라고 대답해 보았습니다. 나로서는 의미를 알 수 없는 말로.

남자 아르바이트생은 깜짝 놀란 얼굴로 나를 흘끗흘끗 보면서 아무 말 없이 다른 아르바이트생에게 의논을 하러 갔습니다.

"한나게, 복고있다요!"

내 계산대의 손님이 나에게 화를 냈습니다.

나는 가만히 계산대를 나와 탈의실로 가서 옷을 갈아입고 슈퍼를 나왔습니다. 스쳐 지나가는 사람들의 대화의 파편이 귓전으로 날아들었습니다.

"호쓴키테, 인테스 2한스쯔쿳탄."

"바. 마스이쿠스. 보즈낫칸마, 테."

"노노노."

"카리테쿠마시무로."

"멧페에."

"앗쿠레노스쿠타."

"못쿠레마히텐카, 오니킹."

"앗그래."

나는 머리가 이상해진 것 같았습니다. 온 거리에 의미를 알 수 없는 언어들이 넘쳤습니다. 다른 나라 말이 아니라는 건 단번에 알 수 있었습니다. 한 마디도 모르는 외국어, 예를 들면 아라비아어라도 대화를 들으면 어떤 체계가 있다는 걸 이해할 수 있습니다. 뜻은 모르더라도 그것이 소통 가능한 언어로 쓰인다는 걸 납득할 수 있습니다.

외국어뿐만이 아닙니다. 인간이 아니라도 마찬가지입니다. 까마귀가 나누는 울음소리를 듣고 있으면 까마귀끼리 무슨 말을 하는지 느낄 수 있습니다. 인간의 언어로 번역할 수 없어도 참새들에게 전해질 수 없어도, 까마귀 사이에서 통하는 목소리가 있습니다.

하지만 지금 거리를 채우는 말들은 그런 것과는 근본적으로 다릅니다. 까마귀와 매미와 공사 현장의 기계와 인간의 아기와 강이 각각 소리를 내며 대화하는 흉내를 낸다고나 할까요? 소리는 나지만 거기에는 의미도 감동도 들어 있지 않아서 너무나도 말 같은 형태가 있을 뿐이라는 그런 느낌입니다.

귓전에서 '히무게테앙구' 하는 소리가 났습니다. 내 머리 바로 옆 블록으로 만든 벽에 놓인 샤베란 화분이 내게 말을 걸었습니다.

그때 나는 목격했습니다. 이야기하는 난의 밑동 곁가지에서 싹을 틔운 모습을.

나는 이게 뭐지, 하고 외쳤습니다. 그러자 그 싹이 자랐습니다.

소리가 자라는 거야, 소리 합성이구나!

나는 소름이 돋거나, 그렇게 외칭구. 그 히때, 싹은 눈에 니에무 속도바치 모빌로즉.

아아, 우리는 틀렸구나, 하고 생각이 미쳤습니다. 인간을 벗어나, 이윽고 다른 생명이 되쓰이요누쿠라왁무노샤. 왜일까, 알 수가 마리쿠디.

농키누치나라바퀴, 유스쵸즈쿠모나이. 열심히 시마미쓰치타모도, 설마 카리후가 쓸 데 없었기 때에야라바, 구네구부에루, 뷰. 노코롯치망, 어디에도 맛진데요카사. 니구무. 후.

미시모리노카쓰코도테기. 규디도라부탁조락킨나미카논치-마쿠우리조데모우데못만타에에나무사노셍모꾸방가제포로아유페모로가미피오니칵쇠롯앙헤믐자….

옮긴이의 글

# 이상하고 아름다운 '호시노 코믹스의 세계'

　호시노 도모유키만의 독창적인 상상력으로 '식물소설'이라는 새로운 장르를 구축한 『식물기』는 세계의 팬들을 흥분시킨 마블 코믹스의 '어벤저스' 시리즈를 방불케 합니다. 마블 코믹스의 세계관을 'MCU'라는 약자로 표현하는데, 나는 이를 차용해 '호시노 코믹스의 세계 (HCU)'라 부르고 싶습니다.

　어느 작품이든 먼저 읽어도 상관없습니다. 물론 순서대로 읽어도 좋습니다. 에필로그조차 소설의 형태로 쓰여 있어 어디까지가 소설이고 어디까지가 현실인지 알 수 없게 되어 버리는 소설집. 조금은 기괴하고 낯설지만, 몇 걸음만 걸어 들어가면 생명을 향한 상냥한 눈빛과 유머러스한 내러티브를 발견하게 될 것입니다.

　'식물기'의 세계관 속에서 사람은 확고부동한 존재가 아닙니다. 「피서하는 나무」의 유리오(百合男)는 반인반견의 아이덴티티를 가지고 있고, 「디어 프루던스」의 주인공은 애벌레가 됩니다. 「스킨 플랜트」에서는 머리에 꽃을 피우면서 생식 능력을 잃게 된 인류가 결국 식물과의 관계 속에서 신인류 '플라워즈'로 거듭납니다. 성전환 수술이 아니라 '식물전환수술'을 받는 이야기인 「고사리태엽」에 이르면, 인간은 아예 적극적으로 인간이기를 그만두고 식물이 됩니다. 우리는 이 부분에서 인간 존재의 근본을 생각하게 됩니다. 내가 나일 수 있도록 하는 신체와 기억, 그것을 분리시킨다면 어느 쪽이 나일까요? 식물이 사람의 몸을 대체하는 것과 기계가 사람의 몸을 대체하는 것은 근본적으로 다른 것일까요?

### 식물의 전당 '가라시야'

'식물기'의 세계관에서 가장 중요한 장소(혹은 주체) 중 하나는 '가라시야'입니다. '가라시야'는 앞부분의 작품에서는 꽃집이었다가, 뒷부분으로 가면서 식물원, 첨단 연구 기관, 세계를 변화시키는 거대 기업으로 성장해 나갑니다. 『식물기』에 실린 소설들은 모두 출전이 다르고 발표 시기가 제각각인데도, 하나의 큰 세계관 속에서 읽히는 것은 '가라시야'가 소설집 전체를 관통하는 하나의 축으로 작용하기 때문입니다. 가라시야는 HCU의 빌런이기도 하죠. 마블 코믹스로 말하자면 '히드라'나 '타노스'에 해당한다고 할까요? 호시노 도모유키는 이를 위해 처음 발표했던 작품을 조금씩 수정했습니다. 「디어 프루던스」(2021년에 옮긴이의 번역과 그림으로 그물코출판사에서 출간)의 애벌레가 사람이었을 때 아르바이트하던 "슈퍼마켓"을 "식물의 전당 가라시야"로 고쳤고, 2018년에 출간한 소설집 『인간은행』(옮긴이가 호시노의 단편들을 묶은 것. 문학세계사)에도 실렸던 작품 「스킨 플랜트」에서는 처음 발표할 때는 없던 구절 "세계적인 식물의 전당 '가라시야'"를 넣었습니다. 가라시야는 뿔뿔이 흩어져 있던 작품들을 '식물기'의 세계로 포섭하는 장치가 되고 있다고 해도 좋을 것입니다.

「벚꽃 낙원」과 「샤베란」 사이에 실린 「남은 씨앗-에필로그」는 그 자체로 소설이면서, 이 소설집 전체를 설명하는 안내문 역할도 겸합니다. 호시노 도모유키는 「남은 씨앗-에필로그」를 그 자리에 넣음으로써 가라시야의 역사를 통해 이 작품집 전체를 하나의 세계로 연결하는 놀라운 마술을 보여 줍니다.

「남은 씨앗-에필로그」는 마지막 두 작품 사이에 위치함으로써 진짜 후기가 아니라 이 소설집 안의 당당한 소설 한 편으로 자리를 잡고, 따라서 마지막 작품인 「샤베란」이 모든 작품의 후기가 되는 반전을 가져옵니다. 호시노의 이런 실험적인 시도 자체가 책이라는 콘텍스트에 대한 새로운 해석이고, 대단히 흥미로운 제안이라고 생각합니다. 이 소설집에는 11편의 소설이 수록되어 있다고 일반적으로 말하지만, 사실 12편의 소설이 들어 있다고 보아도 무방할 것입니다.

'가라시야'는 「남은 씨앗-에필로그」에 나오듯이 '시든 식물을 파는

집(枯らし屋)'입니다. 시든 식물에도 가치를 부여합니다.

"중고 식물…. 왠지 기분 나쁜 말이네요."
"새로운 것에 가치가 있다고 생각하는 사람은 그렇게 말합니다. 낡았는가 새로운가는 시간 차이일 뿐이고, 심지어 식물은 더 커다란 사이클을 반복하며 살기 때문에 어느 때든 커다란 생의 흐름 가운데 하나일 뿐입니다. 가치의 문제가 아니에요. 가치로 말하자면, 어느 쪽도 가치는 마찬가지. 아까 가격 이야기와 마찬가지예요." - 「남은 씨앗-에필로그」

새로운 식물만이 아니라, 중고 식물도, 시든 식물에도 가치가 있다고 말하는 가라시야의 가치관은 마치 나이 들고 병든다고 해서 그 사람의 가치가 없어지는 것은 아니라고 말하는 것처럼 들립니다. 가라시야는 사악하기만 한 빌런은 아닙니다.


선을 넘는 상상

『식물기』에는 우리의 규범을 훌쩍 넘어서는 상상이 가득하지만, 가라시야의 음모가 그 세력을 확고히 하는 것은 「고사리태엽」부터입니다. 「고사리태엽」은 성전환 수술 정도가 아니라 동물에서 식물로 '계전환 수술'을 감행하는 이야기입니다.

"맞아요. 호시노 씨도 그 시계와 마찬가지로 태엽으로 움직이는 거예요. 완전히 식물로 전환되면 움직일 필요가 없지만, 호시노 씨는 그 유명한 가공의 보행 식물 트리피드를 동경했으니 동력을 만들기 위해 태엽을 장치한 겁니다. 그래서 호시노 씨의 새로운 신체 기관은 고사리태엽이 맡고 있습니다."

간호사는 그렇게 설명하더니 호시노가 입은 연두색 환자복 상의에 손을 쑥 넣고 가슴을 펼쳐 젖꼭지를 꼬집어 돌렸다. 가슴의 피부가 문짝처럼 열렸다. 한가운데 텅 빈 곳에 고사리태엽이 있고, 태엽이 풀리는 방향으로 천천히 회전하고 있었다. 더 안쪽에는 연동하는 꽃 톱니바퀴가 복잡하게 돌고 있다.

간호사는 태엽 중앙에 검지를 찔러 넣고 태엽을 감는 방향으로 살짝 돌렸다. 그 순간 호시노는 불같은 힘이 치솟는 것을 느꼈다.

"자동은 아니기 때문에 가끔 이렇게 돌려주셔야 해요."

간호사는 가슴을 닫았다. ㅡ「고사리태엽」

「고사리태엽」의 주인공 이름은 작가의 이름과 한자는 다르지만 발음이 같은 '호시노'입니다. 인간이기를 그만두고 식물이 되려고 했던 호시노. 수술 후 그의 심장은 디캔터 안에서 식물이 되어 가고, 심장을 제외한 다른 몸도 서서히 식물이 되어 갑니다. 호시노는 자신의 심장 쪽이 허깨비라고 생각했지만, 결국 뇌를 가진 자신 쪽이 사라져 가는 것을 깨닫게 됩니다.

몸속 기관이 고사리태엽의 일부가 되어 호시노를 먹어 버리고, 자신이 거의 식물의 집합 주택처럼 변해 가는 것을 손쓸 틈도 없이 지켜보면서 이미 거의 남아 있지 않은 인간의 뇌로 자신은 그저 양분에 지나지 않았음을 이해했다. - 「고사리태엽」

인간 존재를 심장(마음)과 뇌(의식)로 분리하는 것은 『식물기』의 세계에서 매우 중요한 요소입니다. 왜냐하면 「샤베란」에서도 나오듯이 인간이 식물과 다른 점은 하나의 심장과 하나의 뇌를 가지고 있는 것이고, 그중 하나라도 잃으면 사람은 죽지만, 식물은 심장과 뇌가 없기 때문에 풀 한 포기가 시든다는 것은 그저 우리 신체의 일부가 떨어져 나가는 것에 불과하므로 식물은 결코 죽지 않는다는 논리가 성립하기 때문입니다.

호시노를 식물이 되고 싶게 만든 것은 무엇일까요? 인간에 대한 환멸일까요? 아니면 자신의 비루한 삶에 대한 회의일까요? 답은 명확하지 않지만, 분명한 것은 인간이 다른 종들을 파괴하고 그것을 영양분으로 삼아 번영해온 것에 대한 비판이라는 점입니다.


그로테스크와 자급하는 인간의 세계


호시노의 식물소설 속에서 반복적으로 일어나는 일은 인간이 식물을 몸에 이식하거나, 식물이 되거나, 식물로부터 태어나는 일, 그러니까 인간이 스스로 광합성을 하고 다른 생명을 먹지 않는 상태를 그립니다. 자기 몸에서 자란 열매를 스스로 떼어 내어 먹기도 합니다.

이런 그로테스크한 장면들을 호시노 도모유키는 도대체 왜 그리는 것일까요? 평소에 접하는 그의 칼럼이나 인터뷰에서 만나는 호시노는 너무나도 상식적이고 따뜻합니다. 그런 호시노가 도대체 왜, 그런 그로테스크한 장치들을 통해 내러티브를 구성하는 것일까요? 호시노 도모유키 소설의 애독자라면 한 번쯤 의문을 품었을지도 모릅니다. 나는 『식물기』를 번역하면서 그 괴리감의 이유를 설명해 줄 두 가지 키워드를 찾았습니다. 하나는 '자급자족'이고, 다른 하나는 '멈출 수 없는 상상'입니다.

이끼로 눈썹을 디자인하는 순수한 패션으로부터 시작해 뜨거운 여름날 뙤약볕에서 작업하는 사람들이 머리에 토란잎을 우산처럼 키우기도 했습니다. 세일즈맨이 뺨에 미모사를 심어 풀과 함께 인사를 하거나, 혼자 사는 사람이 머리에 무순이나 알팔파를 상비하고 수시로 수확해 식탁에 올리는 실용적인 사용법도 널리 퍼졌습니다.

그런데 이러한 '자급자족'은 논쟁을 불러일으켰습니다. 자신의 몸을 영양분으로 기른 식물은 자신의 일부이므로 그것을 먹는 것은 자신을 먹어 자신을 살리는 자가당착일 뿐이며 영양 섭취가 아니라는 것입니다. 그렇다면 다른 사람 머리에 난 풀을 먹으면 되지 않나, 그것은 타인의 인육을 먹는 게 아닌가 등등 논쟁은 끊임없이 들끓었고, '도대체 어디까지가 인간인가?', '나는 식물인가?' 하는 철학적인 물음으로까지 번졌습니다. 물론 결론은 나지 않았습니다. - 「스킨 플랜트」

오늘날 가장 세계적인 이슈는 지구 온난화, 환경 파괴, 물 부족, 식량 부족, 이런 것들입니다. 이런 이슈는 모두 인간의 자업자득입니다. 인간이 자연계에 미친 폐해는 말로 다하기 어렵습니다. 호시노 도모유키는 이 모든 것이 인간이 '자급자족'하지 못하기 때문에 일어난 일이라고 생각하는 것 같습니다. 그는 다른 생명을 취하지 않고 자급자족하는 인류를 꿈꾸는지도 모릅니다.

자급자족의 실현으로 그리기 시작한 호시노 도모유키의 상상은 스스로 자가 발전하기 시작합니다. 자신의 몸을 영양분으로 기른 식물은 자신의 일부이므로 그것을 먹는 것은 자신을 먹어 자신을 살리는 자가당착이지 영양 섭취가 아니라거나, 그렇다면 '다른 사람 머리에 난 풀을 먹으면 되지 않나? 그것은 타인의 인육을 먹는 게 아닌가' 등등의 논쟁이 상상 속에서 끊임없이 들끓어 올라 그러면 '도대체 어디까지가 인간인가?', '나는 식물인가?' 하는 철학적인 물음으로까지 번집니다. 이는 심각함으로 위장한 HCU의 유머 코드입니다. 이 대목을 읽으면서 미소 지었다면 이미 그의 유머에 감염된 것인지도 모릅니다.

식물의 반란과 진압

  '네오 가드너'가 등장하는 두 편의 작품 「인형초」와 「시조 독말풀」
은 인간과 식물이 대적하는 이야기입니다. 『식물기』의 세계관 속에서
가장 흥미진진한 HCU형 어드벤처물입니다. 이 두 작품의 전제는 식
물들이 반란을 꾀하여 인간 문명을 파괴하려는 것이고, 이를 깨달은
『식물기』의 어벤저스, '네오 가드너'들이 출동합니다. 그들은 평소에
는 각자의 생활을 하는 비밀 요원들입니다.

  「인형초」에서는 식물이 사람의 모습으로 변신해 인간에게 접근하
고, 「시조 독말풀」에서는 독말풀이 독을 내뿜어 인간을 환각 상태에서
죽게 만듭니다. 네오 가드너의 리더였던 기코조차 '인형초'의 신부가
되어 식물이 되는 길을 선택하고 맙니다. 기코의 결혼식에 초대받은
네오 가드너는 "아직은 사람이고 싶다"고 말하지만, 「시조 독말풀」에
이르면, 자신들의 그 모든 노력이 결국 식물의 뜻이었음을 깨닫게 됩
니다.

  인간은 식물이 반란을 일으켰고 그 반란을 인간이 진압한다고 생각
했지만, 반란도 진압도 인간중심적인 생각일 뿐, 결국 인간은 식물이
원하는 대로 움직인 것입니다. "인간은 이미 식물을 모시는 쪽이 되었
다. 혁명은 이미 이루어"졌기 때문입니다!

성경에 의하면 태초에 말씀이 있었고, 이 말씀이 곧 하나님이었으며, 만물이 그로 말미암았다고 합니다. 이 이야기를 인간의 관점으로 생각해 보려고 합니다. '말씀'을 '언어'로 바꾸어 생각하면, 우리가 만물을 언어로 표현하는 순간 그것이 존재하게 된다고 할 수도 있겠지요. 인간은 언어를 통해 모든 것을 구축해왔고, 인간만이 언어를 가지고 있다고 믿어왔습니다.

이 소설집의 마지막 작품인 「샤베란」은 인간이 그토록 자랑하던 언어를 식물에게 잠식당하고 마는 이야기입니다. 우연히 발견한 '노래하는 억새'가 인간의 연구를 매개로 퍼져 나갑니다. 그리고 결국엔 '말하는 난초'까지 등장합니다. '말하는 난초'는 말이라는 기표만을 발화하기 때문에 기의 자체를 인지하지는 못하지만, 그들이 퍼져 나가는 사이 인간계에서는 언어가 사라지기 시작합니다. 엄밀히는 기표 자체가 떠다닐 뿐 소통이 불가해지는 것입니다. 바벨탑에서 모든 언어가 갈라지듯이 서로가 서로의 언어를 알아듣지 못하게 됩니다. 언어가 사라져가는 세상에서 주인공 호시노는 소설을 쓰는 것입니다.

나는 『식물기』에 나오는 식물과 인간의 접목이 어쩐지 자꾸만 AI 시대의 인간과 기계의 관계로 읽힙니다. 인간이 편리와 재미를 위해 만든 기계들은 인간의 언어를 정말로 이해하는 것처럼 보이는 경지에 이르렀습니다. 인간은 언젠가 AI에게 인간의 언어를 잠식당하는 것은 아닐까? 하는 단상을 접목한다면, 『식물기』에 대한 지나친 해석일까요?

이 소설집에서 「샤베란」 번역에 가장 고심했습니다. 알아들을 만한 단어와 전혀 알 수 없는, 그러나 어딘가에는 있을법한 '소리'들이 섞여 있는 대화들과 결말 부분은 소리 내어 웃을 만큼 유쾌했습니다. '호시노의 통쾌한 한 방인가?' 싶어서였습니다. 하지만 이 언어 파괴의 과정을 어떻게 옮길지가 고민이었습니다. 일본어의 소리와 리듬을 그대로 옮기는 방법도 있지만, 그러면 독자에게 재미없는 문자의 나열로밖에 보이지 않을 것이었습니다.

내 번역 인생 최대의 위기라고 느꼈을 때 한 친구가 떠올랐습니다. 제주에 사는 작가 『어멍 닮은 섬 노래』의 저자 시린이었습니다. 제주어라면, 이 이상한 문장의 리듬감을 살리고, 어딘가 외국어 같은 느낌도 줄 수 있으리라는 생각이 들었습니다. 그렇다고 완전한 제주어를 넣어서는 안 됩니다. 이 작품의 결말 부분은 소통이 안 되는 카오스의 언어여야 하기 때문입니다. 나는 시린의 아이디어를 빌어 「샤베란」의 마지막 부분을 제주어 느낌으로 보충했습니다. 예를 하나만 들면, 마지막 문장 '오니칵쇠룻앙헤믐자'는 제주어 '이녁 소랑헴져'를 재구성한 말입니다. '이녁 소랑헴져'의 뜻은 무려 '당신 사랑해!'라고 합니다.

그 밖에 의미를 상상하고 확장시키는 것은 독자의 몫으로 남겨두려고 합니다. 혹시나 독자께서 더 멋진 느낌의 '소리'로 번역해 주신다면 언제든 반갑게 고칠 준비가 되어 있습니다.

'식물기(植物忌)', 제목에 대하여

 이 소설집의 제목을 들으면『파브르 곤충기』처럼 식물의 이야기를
기록한 것이라거나, 식물의 시대를 뜻하는 게 아닐까 짐작할 것입니
다. 물론 식물의 이야기와 식물의 시대를 알리는 이야기도 이 소설집
에 들어 있습니다. 그러나 실제 제목은 죽은 자를 기리는 의미를 가진
한자 '忌'를 쓰고 있습니다. 일본에는 '문학기'라는 것이 있습니다. 작
가가 죽고 나면 그의 기일에 대표작 이름을 붙여 기리는 것입니다. 예
를 들어 미시마 유키오의 기일에는 '우국기(憂國忌)'라는 이름이 붙습
니다. 그러니 이 소설집의 제목 '식물기'는 어느 작가의 기일을 의미하
는 것이고, 그것은 어쩌면『식물기』전체에 걸쳐 여러 번 등장하는 인
물 '호시노'를 의미하는 것일 수도 있겠지요. 어째서 하필이면 '호시
노'일까요? 그 대답은 독자들을 향해 열어두고 싶습니다.

 번역가로 호시노를 만난 시간이 어느새 십 년이 넘었습니다. 그의
변함없는 인품과 전자동 상상력, 그리고 문학의 깊이가 이 작품집을
통해 유감없이 전해지기를 바랍니다.
 식물은 '호시노 코믹스 세계'의 근간입니다. 생각해 보니, 식물을 좋
아하는 성향이 호시노와 나의 오랜 우정을 만들었는지도 모르겠습니
다. 해마다 '꽃처럼열심'을 가슴에 품고 '퍼져라 책과꽃' 프로젝트를
이어온 그물코출판사에서『식물기』를 내게 된 것은 우연이 아닐 것입
니다. 꽃과 풀과 나무로 이어진 네트워크가 이 책을 만들어 냈다 해도

틀린 말이 아닐 것 같습니다. 책이 나오기까지 꽃처럼 열심히 준비한 그물코 장은성 대표와 김수진 편집장에게 감사와 우정을 전합니다. 나와 호시노를 동시에 응원하고 배려해 주는 나의 가족과 언제나 제일 먼저 내 원고를 읽어 주는 친구, 소설가 김경은에게 감사를 보냅니다. 번역 인생 최대의 위기라고 너스레를 떤 덕분에 얻을 수 있었던, 말 안 되는 말을 제주어 버전으로 고쳐 준 친구 시린에게도 감사의 허그를 보냅니다.

호시노 도모유키는 한국 매체에 최근 이 년 가까이 '호시노 도모유키의 인간 탐색'이라는 제목의 칼럼을 써 왔고, 그의 글에는 너무나 자연스럽게 한국과 한국어가 섞여 나옵니다. 그의 인터뷰는 유튜브 계정 '김석희의 문학 팔레트'에서 볼 수 있습니다.

한국에 대한 호시노 도모유키의 애정과 깊은 사유가 독자들에게 잘 전달되기를 다시 한 번 염원하면서, 이 책을 독자 여러분께 보냅니다.

2023년 5월
김석희

## 호시노 도모유키 星野智幸

1965년 미국 로스엔젤레스에서 태어나 세 살 때 일본으로 귀국, 도쿄 인근을 옮겨 다니며 살고 있다. 대학을 졸업하고 2년 6개월간 신문사 기자로 일했고, 1990년대 초 멕시코로 유학을 떠났다. 1995년에 귀국해 자막 번역가 등으로 활동하다가 1997년에 『마지막 한숨』으로 문예상, 『판타지스타』로 노마문예 신인상, 『오레오레』로 오에겐자부로상, 『밤은 끝나지 않는다』로 요미우리문학상, 『호노오(焔)』로 다나자키 준이치로상을 받았다. 대표 소설집 『인간은행』이 국내 출간되었다. 다시 태어나면 난초가 되고 싶다.


## 김석희

1970년에 태어나 보니 강원도 깊은 산골, 미탄. 2002년 유학을 떠나면서 처음 국제선 비행기를 탔다. 2005년 오사카대학에서 박사 학위를 마치고 경희대학교 연구 교수로 재직 중이다. 『말과 황하와 장성의 중국사』, 『내셔널 아이덴티티와 젠더』, 호시노 도모유키 대표 소설집 『인간은행』 등을 번역했다. 계란판에 그림을 그려 '코로나 시대의 온라인 전시회 Re.Play'전을 개최하면서 화가로도 활동, 독일의 갤러리 Atlia에 소속되어 있다. 유튜브 계정 '김석희의 문학 팔레트'를 운영하고 있다.

# 식물기

1판 1쇄 펴낸날 2023년 5월 30일

지은이  호시노 도모유키
옮긴이  김석희
펴낸이  장은성
만든이  김수진
인  쇄  호성인쇄

출판등록일 2001.5.29(제10-2156호)
주소 충남 홍성군 홍동면 광금남로 658-8
전화 041-631-3914
전송 041-631-3924
전자우편 network7@naver.com
누리집 cafe.naver.com/gmulko

ISBN 979-11-88375-36-3 03830 값 14,000원